50년 만의 **만남**

50년 만의 **만남**

임원식 칼럼집

국학자료원

　요즈음 푸른 하늘 보기가 힘들다. 어쩌다 구름이 걷혀도, 나타나는 건 잔뜩 찌푸린 잿빛 하늘뿐이다.

　어린 시절, 소나기 한 줄기 쏟아지고 나면 수정같이 맑고 깨끗한 화폭에 솜털같은 흰구름이 갖가지 형상으로 변화하던 그런 하늘은 어디로 사라졌을까.

　어찌할 바 모르고 세속에 얽매여 살아가는 세상이다. 해맑은 하늘과 때묻지 않은 뭉게구름을 까맣게 잊고 돈과 명예와 지위를 탐하여 서로 미워하고 질투하며 싸움질의 일월(日月)을 되풀이한다.

　이러한 삶을 비판하고 앞날을 향해 희망의 손짓을 할 자격이 내 안에 없다. 다만 잠시만이라도 속세의 일을 잊고 풀과 나무와 하늘과 바람과 별들이 속삭이는 자연의 품으로 돌아가 삶에 지친 마음을 씻고 싶을 뿐이다. 거기서 나의 병든 눈을 고치고 나의 멍든 가슴을 어루만져 가슴속 구석구석 모든 것을 씻어내고 싶다. 하여 욕망과 굴욕과 고통 하나하나가 사라지면 거기 푸른 하늘과 흰구름이 어린 시절 그것처럼 피어오르지 않을까.

어쩌다 잘못 들어선 나의 후반기 삶에서 신문 지면을 미숙한 스케치로 얼룩지게 하지 않았을까 염려스럽다. 하지만 잉크 냄새 싱싱한 내 인생의 파편들을 어찌 버릴 수 있겠는가. 여기 소중하게 단장한 새 그릇에 함께 담아 더 아름다운 시간과 향기를 발하게 하고 싶다.

2003년 초여름
무등산 자락에서 임원식

세기 전환기의 전방위적 현실 담론

이명재(평론가, 중앙대 교수)

우리는 근래 새로운 밀레니엄의 초입에 들어선 채 급격하고 역사적인 변동사회 속에서 살아 왔다. 실로 20세기에서 21세기로 넘어오는 전환기답게 안팎의 제반 문제는 시민들의 주요 관심사가 아닐 수 없다.

예의 IMF 경제 국면과 남북정상회담에 이은 이산가족 상봉, 미국의 대테러 정책이 불러온 아프가니스탄, 이라크 침공 전쟁뿐만이 아니다. 월드컵 4강 신화, 국민의 정부에 이은 참여정부 출현, 각종 게이트 문제, 노사의 대립, 집단 이기주의로 인한 사회갈등과 북핵 문제 등도 우리 생활에 깊숙이 파고든다.

이 책은 이런 세기 전환기에 잇달아 야기된 국내외 여러 문제들과 현안의 쟁점을 전방위적으로 다루고 있는 시사 칼럼집이다. 유수의 지역 언론사 대표인 저자가 손수 5년 동안 꾸준하게 집필해서 매월 신문에 연재해 온 시사 칼럼 50여 편을 발표 순서대로 모은 것이다. 1999년 초부터 2003년 여름 사이에 쓰여진 현실 담론들이다. 올곧은 견해와 비평적인 필치로 지적인 즐거움을 자아내는 글들의 향연이 다채롭고 진지하다.

이 책이 전방위적이란 말은 그 내용 면에서 우리의 경제, 정치, 사회,

문화예술, 외교, 과학, 행정, 세제, 내각, 복지, 통일, 국방, 언론, 스포츠, 교육에서 노벨상 등에 이르기까지 거의 전 분야에 걸쳐 있음을 지칭한다.

그것이 평소 성실하고 정력적인 저자 자신의 다양하고 진지하며 폭넓은 경륜에 바탕한 바라서 더 신뢰감을 주는 것은 물론이다. 언론인인 임원식 박사는 문학가이자 일찍이 조세 행정의 요직을 거쳐서 문화기업 경영을 겸해온 바 다방면의 진폭을 지닌 사회현장의 주요 증인으로 손색이 없다.

필자는 진심으로 우리 사회에 긴요한 임원식 칼럼집 출간을 축하한다. 아무쪼록 이 책을 통해서 뜻 있는 저자와 독자 여러분이 진지한 대화의 시간을 갖기 바란다. 그리하여 새로운 세기의 주요 현안이나 과제를 만날 때 보다 유익하고 산 지혜의 기쁨을 함께하길 기대한다.

2003년 7월 한여름에(칼럼 원고를 읽고)

차 례

아! 금강산

50년 만의 만남

다시 무등산에 오르며

4강 신화

아! 금강산

신(神)의 조화로밖에 볼 수 없었다. 그것은 창조주의 최대 걸작이었다. 나는 심호흡을 하고 눈을
크게 떴다. 한 그루의 나무, 한 덩어리의 바위, 그리고 굉음을 내며 쏟아져 내리는 물줄기 하나라도
놓치지 않기 위해 온몸의 신경줄을 활처럼 팽팽히 당기며 금강산 초입(初入)에 서 있는 것이다.

강 저편의 봄

우리는 지금 불황의 긴 터널에서 종착점을 향해 달리고 있다. 국제통화기금(IMF)이 우리 경제가 비상 사태를 벗어나 정상으로 회복하고 있다는 평가를 한 것이나 세계적인 신용평가 회사인 피치IBCA와 미국 스탠더드 앤드 푸어스(S&P)가 우리나라의 신용 등급을 투자적격(BBB-)으로 상향 조정한 것은 IMF체제를 벗어나려는 우리의 피나는 노력의 결과라 하겠다. 신용 등급이 상향 조정됨으로써 우리는 이제 좀더 싼이자로 해외에서 돈을 빌릴 수 있고 외국인 투자도 늘어나게 돼 경제 회복에 가속도가 붙게 되리라 여겨진다.

우리는 외환 위기가 시작된 97년 12월 이후 뼈를 깎는 인고(忍苦)의 나날을 보냈다. 천정부지(天井不知)로 뛰어오른 대출 금리, 판로 경색, 기업의 구조 조정 등으로 수많은 기업들이 도산했으며 실업자 수도 지난 연말 153만 명을 기록했다. 지하철 역사 등엔 노숙자들이 넘쳤고 부녀자들이 생계를 위해 몸을 파는 참담한 현실을 접해야 했다. 우리는 '6·25 동란 이후 최대의 국난'을 몸으로 겪으면서 힘겹게 살아왔고 아직도 그

질곡에서 벗어나지 못하고 있다.

경제청문회에서 드러났듯 환란(換亂)은 한보와 기아사태가 원인의 한 단초를 제공했으며 정경유착과 정책 결정·집행자들의 무사안일한 처신이 기름을 부은 것으로 밝혀졌다. 물론 무분별한 외형 성장을 추구해 온 기업들과 신용 분석을 무시한 채 방만한 대출과 해외 차입을 일삼았던 금융권도 책임에서 자유로울 수는 없다. 결국 정치권·경제계의 오도(誤導)된 북장단에 춤을 추었다는 죄 하나만으로 국민들은 직장을 잃거나 소득 감소로 허리띠를 졸라매면서, 지난 1년여의 세월을 혹독한 시련 속에 보냈다. 그 결과로 우리의 지난 연말 가용외환 보유액은 487억 달러를 기록했고 환율도 1천100원대에서 안정됐다.

그러나 냉정히 되돌아보면 지금 우리의 안정은 빚더미 위의 '허울 좋은 안정' 일 뿐이라 하겠다. 1월 25일 현재 외한보유고가 490억 달러를 기록했지만 빚은 총 1천 535억 3천만 달러나 됐다. 이 같은 외채(外債)더미에 올라 파산 위기를 벗어나 이제 겨우 숨고르기를 하고 있을 따름이다.

그런데도 나라 실정은 어떠한가. 야당은 망국적인 지역감정을 부추기면서 장외 집회로 사회적 혼란을 가중시켰고 여당은 정치력 부재 속에 단독 청문회를 열고 있다. 사실 환란의 가장 큰 책임은 정치권에 있는데도 그들은 반성과 자숙하기는커녕 또다시 경제 회생의 걸림돌이 되고 있다는 느낌을 지울 수 없는 행위들을 하고 있다. 기업들의 빅딜도 아직 마무리되지 않고 있다. 실업자들이 하루 일당 2만 5천원 선의 공공근로사업장에서 땀과 비탄의 눈물을 쏟고 있을 때 부유층 주부들은 억대 화투판을, 돈 많은 기업인들은 1억 원의 내기골프를 하다 적발됐다니 말문이

막힐 수밖에 없다. 14일부터 시작되는 설날 연휴를 앞두고 동남아 등 해외 여행 예약은 1월 중에 마감됐다 한다.

아직 우리는 환란의 터널을 다 빠져 나오지 않았다. 올해 실업자는 180만 명에 이를 것이라는 우울한 보도가 우리의 마음을 무겁게 한다. 신용 등급을 높였던 피치IBCA는 우리나라의 기업·금융 구조 조정이 완성되려면 2~3년이 걸린다고 예상했다. 투자적격으로 상승했지만 위험은 계속된다고 경고도 했다. 화합하는 모습으로 정치가 안정되고 기업도 눈치 보지 않고 구조 조정을 서둘러야 한다. 국민들도 올 한해, 조인 허리띠를 더 졸라매면서 견뎌내자. 입춘인 4일 이 지역엔 많은 눈이 내렸고 기온도 빙점(氷点) 이하로 곤두박질 쳤다.

그렇다. 지금 우리는 아직 경제 불황의 매서운 추위에서 벗어난 것이 아니다. 그런데도 사회 일각에서는 이미 추운 겨울을 벗어난 듯 착각하고 있다. 지금은 우리 국민 모두가 나라의 명운이 금년 한해에 달렸다는 다짐을 할 때다. 봄은 가까이 왔지만 호황의 봄은 아직 강 저편에 머물고 있을 뿐이다.

1999. 02. 08.

사랑과 용서

　전국 16개 시·도의회 운영위원장들이 어제 광주에서 모임을 갖고 지역 감정을 버리고 국민 화합을 하자고 공동 선언한 것은 만시지탄(晩時之歎)이지만 크게 환영할 만한 일이라 하겠다. 이들은 이 선언에서 "정치권은 지역 감정을 조장하는 언행과 유언비어를 삼가고 언론도 지역 명칭(TK, PK, MK)을 사용하지 말며 지역 감정 조장 행위를 철저히 감시해야 한다."는 등 7개 항의 결의문을 채택하는 값진 성과를 거두었다. 지난 2월 영·호남 8개 시·도지사들이 동서화합을 위해 협의회를 구성한데 이어 주민을 대표하는 전국의 광역의회 운영위원들이 지역감정을 뿌리뽑자고 결의함으로써 이제 국민 화합 운동은 새로운 전기를 맞게 된 셈이다.

　지역 차별, 그것은 호남인에게 천추의 한(恨)으로 각인됐었다. 그러나 국민의 정부 출범 이후, 그리고 새로운 천년을 앞두고 호남인들은 과거를 잊고 망국적인 지역감정을 뿌리뽑아야 한다는 다짐을 하면서 영남과 화합하려는 노력을 벌여왔다. 국민의 정부에 "호남을 챙기라."는 주문

한 마디 하지 않고 국민 화합에 앞장섰던 것이다.

영·호남 8개 시·도지사들은 지난해 10월 '영·호남 시·도지사 협력회의'를 만들어 교류 방안을 논의한 뒤 지난 2월 실무국장 모임을 개최해 교류 기금 조성 등 구체적인 협력 방안을 논의토록 했다. 이에 따라 두 지역의 문화·예술 단체들의 교류를 비롯 공무원들의 순환 근무, 대학생과 부녀회 회원들의 상호 방문 등으로 지역 주민들간의 거리감을 좁히는 일을 해오고 있다. 김대중 대통령도 지난 1일 한 지방 신문과의 회견을 통해 인사·지역개발의 공정성 확립과 지역차별금지법 제정 등 지역 감정 해결을 위한 제도적인 노력을 기울이겠다고 다짐했다.

그러나 영·호남을 포함한 국민 화합의 성공 여부는 전국 시·도의회 운영위원장 협의회에서 지적했듯 정치권과 언론의 자세에 달렸다 해도 과언이 아니라 하겠다. 민관이 힘을 모아 두 지역의 화합을 다짐하고 예술인들이 서로 오가며 공연을 하면서 우의를 다져도 정치권이 당파적(黨派的) 목적을 위해 지역 감정을 부추기는 일이 다반사였기 때문이다. 따라서 지금 들불처럼 번지고 있는 영·호남 화합을 통한 국민 화합 움직임이 성공하려면 먼저 정치권 개혁부터 이뤄져야 한다. 지역적 구도의 정당 틀을 깨자는 것이다. 지역 정당의 전국화와 정당의 지역주의 포기 선언은 그 한 방법일 수 있다. 국회의원의 비례대표제에 영·호남을 하나의 권역으로 묶는 안(案)도 고려해 볼 만하다. 지역 감정을 선동하는 정치인은 정치를 할 수 없도록 규제할 법적인 조치도 필요하다.

언론도 지역 감정 부추기기에서 자유로울 수 없다는 데서 언론의 자성과 더불어 보도 태도를 바로잡기 위한 장치와 시민단체들의 감시가 요구

된다. 지역 언론은 그들대로 그리고 중앙지마저도 특정 지역 독자를 의식해 지역 감정을 부추기는 기사를 보도하는 자사(自社) 이기주의를 보이고 있기에 언론의 자성(自省)은 무엇보다 시급한 일이라고 하겠다. 언론들이 여태까지의 태도를 고치지 않는다면 제도적인 보완을 해서라도 고칠 것은 고쳐야 한다.

예를 들어 언론중재위원회에 지역감정 조장을 제지할 수 있는 권한을 주는 등 법과 제도적인 장치를 마련해 언론이 선동하는 기사를 싣지 않도록 하자는 것이다. 이와 함께 시민단체들의 감시 기능이 더 활성화돼 지역감정을 부추기는 매체 안보기·불매 운동을 펴 파렴치한 언론이 이 땅에 뿌리를 내리지 못하게 하는 방법도 고려해 볼 만하다.

법과 제도적인 방안 못지 않게 중요한 것은 주민들의 의식 개혁이다. 두 지역 주민들이 한 핏줄이라는 민족동일체 의식으로 마음을 열고 서로를 소중하게 여기는 자세가 바람직하다는 뜻이다. 호남은 과거 36년 간의 피해를, 영남은 차별을 걱정하는 피해 의식을 버리고 사랑과 용서로 새롭게 태어나는 '화학적 결합'을 하자는 것이다. 이와 함께 어릴 때부터 그러한 의식을 심어주는 교육에도 관심을 갖자. 떡잎 때부터 '화합의 물과 비료'를 주어 가꾸자는 것이다. 국민 모두가 이같은 노력에 기꺼이 참여한다면 국민 화합은 튼실한 결실을 맺으리라 믿는다.

1999. 03. 10

나눔의 지혜

노정(勞政)간의 가파른 대치는 서울 지하철 노조가 8일 만에 파업을 철회함으로써 일단 고비를 넘겼다. 노조의 파업 강행과 공권력 투입을 가슴 조이며 지켜본 국민들은 안도의 한숨을 내쉬었다. 그리고 이들의 직장 복귀를 마음으로 반겼다. 그러나 아직도 우리 가슴속 먹구름이 시원스럽게 걷힌 것은 아니다. 한국통신 노조가 파업을 유보했고 서울 지하철 노조와 대우조선 노조가 파업을 철회했다해서 문제가 해결된 것은 아니기 때문이다. 민주노총 지도부가 "더 강력한 투쟁을 전개하겠다."며 5월 1일 총파업을 다짐하고 있기에 그렇다. '5월 대란설(大亂說)'이 여전히 고개를 바짝 쳐들고 있다고 할 수 있다.

이번 서울 지하철 노조가 뒤늦게나마 파업을 철회한 것은 강경 투쟁이 시민들로부터 공감을 얻지 못한 때문인 것으로 분석됐다. 이와 함께 노동계가 재벌 해체와 공기업의 구조 조정을 주장하면서도 정리해고는 받아들일 수 없다는 모순을 보인 점도 국민적 지지를 받지 못한 요인으로 지적되고 있다.

사실 노조가 "구조 조정을 중단하고 노동 시간 단축으로 실업을 해결하라."고 주장하는 것은 자유 시장 경제 체제의 근간을 부정하는 것이라는 학자의 주장도 없지 않다. 구조 조정이란 자본도 그렇지만, 모든 노동자들이 자신이 생산하는 부가가치만큼 임금을 받는 자유 시장 경제 체제를 확립하자는 것이다. 이기석(李紀奭) 경희대 교수에 따르면 미국의 실업률이 낮은 것은 기업들이 노조의 생존권 보장 요구를 들어준 때문이 아니라 오히려 기업들에게 합법적인 정리해고를 보장한 덕이라고 했다. 그는 공부 잘한 학생이 높은 점수를 받듯 열심히 노력하고 생산성이 높은 노동자가 더 많은 임금을 받는 것은 당연하며 그게 자유 시장 경제 제도라 했다. 때문에 생산성이 낮고 게으른 노동자들은 일자리를 잃을 수밖에 없다는 논리를 편다.

각설하고, 지금 우리는 여전히 국제통화기금(IMF) 관리 체제에 놓여 있다. 외국 신용평가사들이 우리나라의 신용 등급을 상향 조정하고 있다 해도 어느 때 또다시 하향 조정할지 모르는 불안한 처지에 있는 것이다. 마찬가지로 외국 투자자들도 우리 사회가 안정되지 않는다면 다시 빠져나갈 것이라는 사실은 불 보듯 환한 이치다. 때문에 지금은 '파이(Pie)'를 키워가는 데 경제 주체가 힘을 모을 때이지, 몫을 나누는 데 힘을 소모할 때가 아니라고 본다.

미국의 경우 2차 세계대전 중 프랭클린 루즈벨트 대통령이 노조 측에 협력을 요청하자 이를 받아들인 예가 있다. 노조는 전쟁 중 일체의 파업을 하지 않기로 동의했던 것이다. 우리나라도 작금의 IMF체제가 한국동란 이후 최대 국난이라 하지 않았던가. 지난 55년 이후 연례 행사처럼 정

착된 일본의 춘투(春鬪)도 노사 양측이 그 피해에 대한 인식의 공감대를
형성하고 새롭게 정립되고 있다 한다. 힘의 논리를 우선했던 노조의 과
거 노선이 시장 경제 흐름에 따라 경영자와 함께 인건비를 전략적으로
배분하는 쪽으로 선회한 것이다. 기업의 업적이 좋으면 이를 일시금으로
지급할 뿐 매달 주는 월급이나 연봉에는 반영하지 않는 것도 큰 변화라
하겠다.

　물론 노조측도 할 말은 있을 수 있겠다. 실업·감봉의 고통으로 하루
하루 버티기가 어려운 처지인데 우리 사회의 일부 계층은 이들을 외면한
채 하룻밤 유흥비로 수천 만 원을 쓰고 다니고 있고 해외 여행도 IMF 이
전 수준으로 되돌아간 사회 현상에 상대적 박탈감을 느꼈으리라 여겨진
다. 때문에 정부는 불로소득자들의 탈세 행위와 과소비를 철저히 단속함
으로써 위화감을 없애는데 최선을 다해야 한다. 가진 자들도 자제하면서
노동자·빈민층을 보살피는 자세가 그 어느 때보다 아쉬운 시기다.

　그렇다. 지금은 투쟁보다 지혜를 모아야 할 때다. 경제 위기가 끝난 게
아니기에 그렇다. 서로 나누면서 우리 경제의 '파이'를 소중하게 키워가
야 할 때다. 그리고 지금이 그 시기의 가장 중요한 시점이기도 하다.

1999. 04. 29

5월은 잔인한 달

5월은 종합소득세를 신고하고 납부하는 달이다. 개인소득자들에게는 잔인한 달임에 틀림없다. 특히 소득이 원천징수되는 근로소득자들에게는 허탈감을 안겨주는 달이기도 하다. 엄청난 소득을 올리면서도 봉급생활자들보다 낮은 세금을 내고 있는 자영업자들의 비양심을 보기 때문이다.

조세는 국가나 지방 정부가 임무를 수행하는 데 필요한 물적 토대를 마련해주는 필수불가결한 수단이다. 따라서 조세는 국가가 세입을 조달할 목적으로 특정한 개별적 보상없이 사경제(私經濟)로부터 강제적으로 징수하는 화폐 또는 재화이다. 납세자는 가시적 대가 없이 일방적으로 재산권이 이전되므로 납세에 대해 거부 반응을 일으킬 소지를 안고 있는 것도 사실이다. 특히 세제의 불합리성이나 공평성의 미흡, 정경유착의 관행 등은 납세자들의 조세에 대한 부정적인 태도를 더욱 심화시키게 마련이고 이것이 조세 저항의 요인으로 작용하게 되는 것이다.

흔히 조세의 저항은 조세의 회피(回避)로 나타난다. 이는 특히 신고납세 제도에서 두드러지게 나타난다. 특히 신고납세 제도에서 납세에 대한 올바른 의식이 없을 때는 여러 가지 조세 회피가 발생하게 된다. 국세청의 국세통계연보 등을 중심으로 조세 회피 사례를 살펴보기로 하자.

첫째, 직접세의 중심 세목인 소득세의 경우 97년 우리나라 전체 개인 사업소득세 납세자 343만 명 가운데 종합소득세를 납부하지 않는 과세 미달자가 211만 명에 달해 전체 사업자의 38.3%만이 세금을 낸 것으로 나타났다. 종합소득세 회피가 심각한 상태라 하지 않을 수 없다.

둘째, 간접세의 근간이 되는 부가가치세의 경우 96년 과세대상 사업자 중 부가가치세를 한푼도 내지 않는 납세자가 103만 명으로 전체 부가가치세 과세 대상 중 42.8%에 달한 것으로 나타났다. 그리고 법적으로 부가가치세를 면제받는 사업자 131만 명 중 50만 명이 변호사, 의사, 회계사 등 고소득 전문직 종사자들이라는 데서 위화감을 불러일으켰다. 정부가 이 같은 모순점을 개선, 금년부터 이들에게 과세 조치를 단행한 것은 다행이라 하겠다.

셋째, 금융종합과세 제도는 가진 자들에 대한 부(富)의 수직적인 공평성을 실현하는 제도이다. 그러나 96년도부터 시행되다가 IMF(국제통화기금) 사태로 인해 시행이 유보된 상태다. 결국 금융종합과세 대상자 3만 200여 명에 대한 종합과세 유보로 가진 자의 세부담은 낮아지고 일반 예금에 대한 이자소득세율이 24.2%로 인상돼 일반 예금자들의 세부담은 증가된 셈이다. 이는 바로 가진 자들의 조세 회피를 유발시키고 있는 것이다.

끝으로 징수 결정한 세액을 납부하지 않거나 결손 처리되도록 하는 것도 일종의 조세 회피라 할 수 있다. 97회계 연도의 경우 우리나라 내국세 예산액은 65조 9천200억 원이었고 징수 결정액은 71조 3천700억 원이었다. 그 중 수납액은 63조 6천400억 원으로 징수 결정액의 약 11%인 7조 7천300억 원이 불납 결손 및 미수납된 것으로 나타났다.

결국 조세 회피 분위기가 확산되면 국가 재정 적자나 소득재분배 저해, 비효율적인 자원 배분 등의 문제가 야기된다. 따라서 조세 행정의 당면 최우선 목표는 바로 이 같은 조세 회피 분위기를 추스르고 원만한 조세 행정이 이뤄질 수 있도록 납세자들이 납득할 만한 방안을 마련하는 데 있다. 납세 윤리의 강화와 조세 행정의 신뢰성 확보, 과세의 형평성과 성실 납부 분위기 유도 등 예방적 행정 조치를 취해야 한다.

이와 함께 금융종합과세 제도를 하루빨리 시행해야 한다. 그리고 일반 사업자, 고소득자와 근로소득자 간의 세부담 형평성을 제고할 수 있도록 사업자·고소득자의 과표를 양성화하는 한편 근로소득자의 세율을 적정 수준으로 경감시키는 정책을 펴야 한다. 수직적 수평적으로 공평한 세정이 요구된다 하겠다.

1999. 05. 31.

미풍양속과 뇌물의 차이

공직자 10대 준수 사항과 관련 공직 사회 내 논란이 여전히 뜨겁다. 이 지역에서도 최근 각급 기관별로 시행을 다짐하는 결의 대회가 잇달아 열리고 있지만, 중·하위직 공무원들 사이에 특히 불평이 일고 있는 것으로 알려지고 있다. 한 마디로 "일할 기분이 나지 않는다."는 것이다. 10대 준수 사항 가운데서도 '과장급 이상 경조금 접수 금지' 항목에 대해 공무원들은 너나없이 불만스러워 하는 모습이다.

공무원들이라고 하면 공복(公僕)으로서 당연히 지켜야 할 청렴 의무가 있음은 두말할 나위가 없다. 김대중 대통령도 이에 대해선 "부자가 되려면 사업을 해야 한다. 명예와 돈을 다 가지려 해선 안 된다."고 공무원들의 마음 자세를 다졌듯이 공직자들의 청렴은 중요 덕목이다. 그럼에도 불구하고 이번에 정부가 시행하고 있는 이른바 '공직자 10계명'은 어쩐지 어설퍼 보이고, 국민들 사이에서도 선뜻 '잘한 일'이라는 얘기가 나오질 않고 있다.

이유 있는 반발

우선 경조사에 상부상조하는 것은 우리 사회의 오랜 미풍양속이라 할 수 있다. 때문에 이번 경조금 접수 금지 항목에 해당되는 과장급 이상 공직자는 대부분 지금까지 이 문화에 젖은 삶을 살아왔다고 하겠다. 아니 더러는 앞날을 위해 경조금을 부어온 입장이었을 수도 있다. 그리고 이제 마침 자녀들이 혼기에 접어든 연배일 수도 있다.

그들의 입장에서는 그동안의 투자(?)를 회수할 수 없게 된 셈이다. 당연히 반발할 만하다. 10대 준수 사항이 나오게 된 배경 그 자체가 우선 문제로 지적된다. 공직자 부인, 좀더 정확히 말해 장관급 고위 공직자 부인 옷로비 의혹 사건이 터진 이후 이 같은 조치가 발표되자 "일은 위에서 저질러놓고 그 책임은 왜 우리한테 뒤집어씌우느냐."는 반발처럼, 소수 고위 공직자들 때문에 '한물의 고기' 처럼 취급된 것도 되짚어 볼 문제다.

또 하나, 현재 여당에서 재검토하고 있다지만 과장급 이상을 대상으로 한 기준에 대해서도 이견(異見)이 있다. 문제는 자리에 있지 않고 민원성 인·허가 업무나 사람에 따른 뇌물성 경조비에 있다는 지적에는 귀기울여야 한다.

공직자 10대 준수 사항을 지키기 위해 각서를 쓰는 것도 그렇다. 공직자들 스스로 자신들을 각성시키며 다짐하는 효과는 있을지 모르지만 국민들의 눈에는 또 하나의 전시 행정이자 구태의연한 모습으로 투영될 뿐이다.

구태의연한 발상

국민의 정부는 다른 역대 정권과 다른 모습이어야 할 터인데도 군사 정권·시절 늘상 해왔던 '다짐 대회'니 '결의 대회'니 하는 것을 그대로 답습하고 있다는 데서 실망감마저 준다.

그런 의미에서 광주경실련 등 시민 단체 관계자들이 발표한 "공직자 10대 준수사항이 일부 공무원의 구태(舊態)의식과 비현실적인 조항으로 본래 취지를 상실할 우려가 높다. 공무원들이 자발적으로 공직 윤리를 실천할 수 있도록 유도해야 한다."는 말을 귀담아들을 필요가 있다. 사실 그동안 공직자들이 우리 사회와 경제 발전을 위해 견인차 역할을 해 온 공은 크다. 잊어서는 안된다. 그런 점에서도 몇 사람의 잘못된 행위로 인해 전체 공직 사회가 매도되는 일은 없어야 한다. 지금 공직 사회는 1차에 이은 2차 구조 조정을 앞두고 그 어느 때보다 사기가 떨어져 있는 시점이다. 이 같은 때 '공직자 10대 준수 사항'이 목적과는 달리 공직자들의 사기를 떨어뜨리는 결과를 가져온다면 정부로서도 원치 않는 상황일 것이다. 그래서 다시 생각해 볼 문제이다.

물론 그 내용 중에는 '호화 시설 이용 금지'와 같은 공직자라면 반드시 지켜야 될 내용들도 포함돼 있다. 그러나 현재 쟁점이 되고 있는 과장급 이상 경조금 접수 금지와 같은 조항들은 재고돼야 할 문제이다. 다행히 정부도 뒤늦었지만 '1급 이상으로 완화'하는 것을 검토하고 있다는 소식은 반가운 일이다.

아울러 이 기회 우리 사회도 경조 문화가 바뀌어야 한다는 생각이다. 투자금 회수(?)를 위해 널리 알리기 보다는 가족과 친지들끼리 경건하고 소박하게 행사를 치르는 그러한 문화가 정착돼야 한다. 그런 뜻에서 현대그룹 모 회장이 장남과 차남의 결혼식을 사내 임직원들은 물론 비서진에게도 알리지 않고 치렀다는 보도는 오염되지 않은 산소처럼 우리에게 청량감을 안겨준다. 책임 있는 지도층이 이처럼 먼저 실천해야 한다.

1999. 07. 02.

稅制 개혁, 말뿐인가

정부는 외환위기 이후 붕괴돼가고 있는 중산층 서민들의 생계를 안정시킨다는 목적으로 세제 개혁을 추진하고 있다. 그 명분은 공평 과세이며 금융 종합 과세 실시, 부가세 과세 특례 축소, 상속·증여세 강화, 호화 주택 과세 강화, 특소세 개편 등 5대 과제로 정리했다. 이들 5대 과제 중 가장 어려운 문제점을 지닌 것으로 금융 종합 과세 실시와 부가세 과세 특례 축소 분야를 지적할 수 있겠다. 이는 정치권이 기득권 세력의 눈치를 보거나 내년 총선을 앞두고 멈칫거리고 있기 때문이다.

우리 사회의 조세 환경을 보면 국민 대부분이 조세 형평성에 불만을 갖고 있고 우리 사회에 탈세가 만연돼 있다고 여기고 있는 듯하다. 최근 동아일보가 전국 일반인·국회의원·학자 등 1,202명을 대상으로 설문 조사한 결과를 보면 이 같은 사실이 극명하게 드러난다. 일반인 응답자의 89.3%, 국회의원 92.2%, 조세 관련 학자 88%가 세금 부담이 불공평하다고 답했다. 세금 부담이 불공평한 이유에 대해서 일반인의 경우 세무 구조가 저소득층보다 고소득층에 유리하다는 응답이 43.5%로 가장 많았다. 그러나 조세 관련 학자들은 봉급 생활자보다 자영업자에게 유리하다 (42%)는 것을 가장 큰 문제로 인식하고 있는 것으로 드러났다. 탈세의 정도에 대해서는 일반인 88.3%, 국회의원 92.1%, 조세 관련 학자 86%가 심각한 수준이라고 답했다.

대부분 조세 형평성에 불만

따라서 우선 고소득층의 과세 구조 조정을 통한 과세 형평성을 실현하려면, 다시 말해 수직적인 공평 과세 실현을 위해서는 유보중인 금융 종합 과세가 하루바삐 실시돼야만 한다. 그런데도 정부는 선뜻 결론을 내지 못하고 있다. 특히 앞서 지적한 여론 조사 결과에 따르면 국회의원 92.2%가 세금 부담이 불공평하다고 했지만 3일 국민회의 고위 당직자회의는 국민 소득 종합 과세를 2001년부터 시행키로 해 2002년에 세금을 첫 징수키로 했다. 이 같은 안은 시행 시기를 너무 늦추는 감이 없지 않다.

금융 종합 과세 시행은 더 앞당겨야 한다. 앞서 지적한 것처럼 무너진 공평 과세 원칙을 이대로 둘 수 없기 때문이다. 종합 과세 기준 금액, 원천 징수 세율, 과세 방법 등에 따라 차이가 있겠지만 대다수 예금자에게는 세율을 낮춰 세부담을 덜어주고 고액 금융 소득자에게는 누진 세율을 적용해 세부담을 늘리도록 하겠다는 것이 이 제도의 취지이다. 이것이 바로 조세 정의이자 과세 형평인 것이다.

그런데도 97년말 재계의 전면 유보 주장을 정치권이 받아들임으로써 고액 금융소득자의 세부담은 최고 40%에서 22%로 줄어든 반면 저소득층 이자소득세는 15%에서 22%로 늘었다. 고소득층은 초기 국제통화기금 관리 체제하의 고금리 체계에서 엄청난 금융 자산 소득을 얻었으나 저소득층은 그만큼 불이익과 고통을 안을 수밖에 없었던 것이다.

따라서 금융 종합 과세를 조기에 재실시하지 않는다면 세제 개혁은 무의미하며 공염불에 불과하다 해도 과언이 아니라 하겠다.

정치권 票 의식해 망설여서야

부가세 과세 특례 폐지 및 간이 과세 제도 개선도 수평적 과세 형평성 유지를 위해 반드시 이뤄져야만 한다. 이 제도는 영세 자영업자들을 보호하려는 목적에서 마련된 조세 구조이지만 이 제도가 조세 회피 수단으로 이용되고 있다는 점에서 전면적 재검토가 절실하다 하겠다. 앞서 인용한 여론 조사 결과를 보면 부가가치세의 과세 특례 제도와 간이 과세 제도 폐지 여부에 대해 조세 관련 학자들은 90%가 폐지해야 한다고 했으나 일반인들은 폐지가 31.5%, 유지해야 한다가 33.7%로 갈렸다. 국회의원의 경우 50%가 폐지에 찬성했지만 유지해야 한다는 의견도 35.3%나 됐다. 그러나 이 제도는 고소득 전문직 및 자영업자들의 소득 탈루를 조장해왔기에 손질해야 한다.

그런데도 국회는 재계 등 기득권층에 대한 부담, 수많은 영세 사업자들의 표(票)를 의식해 오히려 과표 인상·간이 과세 도입 등과 같은 제도를 확대해 온 것이 그동안의 행태였다는 점에서 이러한 제도의 폐지 등 개혁이 지상(紙上) 개혁에 그치지 않을 것인지 심히 우려된다.

물론 상속 증여세 과세 강화나 호화 주택 과세 강화, 특소세 개편 등도

세제 개혁의 단골로 등장하고 있지만 금융 종합 과세를 조기 시행하고
부가세 과세 제도 및 간이 과세 제도를 개선 또는 폐지하는 세제 개혁을
하지 않고서는 그 목적을 제대로 달성할 수 없다 하겠다.

1999. 08. 04.

맑은 물 맑은 사회

김대중 대통령이 광복절 경축사에서 밝혔던 부패 추방을 위한 후속 조치들이 가시화(可視化)되고 있다. 지난 24일 국무회의에서 대통령 직속 자문 기구로 '반(反)부패특별위원회'를 신설키로 의결한 후 대통령이 이를 공포한 것이다. 반부패특위는 15명 이내의 위원으로 구성된다. 국무조정실장은 당연직 위원이며 나머지는 '부패 문제 해결에 관한 학식과 경험이 풍부한 사람' 중에서 대통령이 2년 임기로 위촉하게 된다. 이 위원회는 대통령이 다음달 초 위원장과 위원들을 임명하여 구성하게 된다.

부패와의 전쟁 본격 착수

이와는 별도로 전국 843개 시민 단체가 24일 '반부패국민연대'를 발족시켰다. 민주개혁국민연합 등 그동안 활발하게 민주화 및 노동·시민 운동을 벌였던 단체들이 망라됐다. 이로써 김대중 정권도 출진 채비를 끝내고 '부패와의 전쟁'을 본격적으로 시작하게 된 셈이다.

정부와 사회 단체 두 가닥으로 추진되는 부정부패 척결은 단순한 선언이나 '환영한다.'는 말로만 그칠 일이 아니다. 국민 모두 힘을 모아 우리 세대에서 마무리지어야 할 숙명(宿命)의 일전(一戰)이자 반드시 승리로 이끌어야 되는 한판 승부이기도 하다. 그러기에 정부 차원의 반부패특위와 민간 단체의 반부패국민연대에 거는 기대 또한 클 수밖에 없다. 그러면서도 일말의 불안감을 지울 수 없는 게 솔직한 심정이다. 정부 수립 후 모든 정권이 부정부패를 척결한다고 나섰지만 어느 정권도 성공한 적이 없었던 때문이다. 서슬 퍼렇던 박정희·전두환의 군사 정권도, 김영삼의 문민정부도 결국은 두 손을 들고 말았기에 그렇다. 그만큼 지난(至難)한 일임을 역설적으로 증명하고 있는 셈이다.

그런데도 이 작업은 추진해야 되고 그래서 반드시 성공해야 된다. 그러려면 우선 대통령 주변과 정치권부터 솔선수범해야 한다. 전두환 대통령 시절엔 그의 동생이, 김영삼 정권 시절에는 아들이 문제가 됐었다는 사실을 반면교사로 삼아 대통령 친인척 단속에 한눈을 팔아서는 안된다는 뜻이다. 한보 사건에서 보았듯이 검은 돈을 삼켰다가 신세를 망친 중진 정치인들은 또 그 얼마이던가. 엊그제 끝난 '옷로비 의혹 사건 청문회'도 '가진 자와 힘있는 자 부인들이 얽히고 설킨 추태'에 다름 아니다. 따라서 부정부패가 척결되려면 먼저 정치권 개혁이 시급하다. 개혁의 걸림돌이 되는 정치인은 사정(司正)이라는 과감한 외과 수술로 도려내야 한다. 편파적인 사정이 아니어야 함은 두말할 나위도 없다. 정치권이 맑아지면, 정치판에 부정부패가 사라진다면 부정부패 척결은 '절반 이상의 성공'이라 평해도 좋을 것이다.

국민 모두 참여해야 성공

공직자들에게도 정치권과 같은 척도의 사정 작업이 지속돼야 한다. 봉급만으로 생활이 안된다면 생활급을 지급하면서라도 공직 사회의 부조리는 척결해야 한다. 더불어 부정부패 사범은, 특히 고위직일 경우 절대 사면을 시켜서는 안된다. 장개석 총통이 중국 대륙에서 대만으로 옮긴 후 부정부패 혐의의 친인척을 총살시켰다는 일화는 두고두고 귀감이 될 만한 일이다. 그러한 각오가 아니면, 지도층이 솔선수범하여 청렴결백한 삶을 살지 않는다면, 부정부패는 우리나라에서 영원히 추방될 수 없다고 믿는다.

사회적 분위기 조성도 중요하다. 국민 모두 남의 일이 아닌 나의 일로 여기며 나 자신부터 부정부패에서 멀어져야 한다. 이 같은 사명을 시민단체의 반부패국민연대에 기대한다. 정부 기관이나 대통령 자문 기구의 사각 지대까지도 들여다보면서 우리 사회에 광범위하게 뿌리내린 부패의 암세포를 찾아내 근원부터 뽑아내야 할 역할에서 반부패국민연대의 존재 이유를 찾을 수 있다.

마찬가지로 자문 기구인 반부패특위도 또 하나의 국고낭비 위원회란 불명예를 얻지 않도록 소명의식을 갖고 부패 척결에 나서 주길 기대한다.

우리는 지금 중대한 기로에 서 있다. 지난 천년을 마무리하면서 새로운 천년을 맞이하는 그러한 엄숙한 시기를 살고 있다. 이미 우리는 이같은 병소(病巢)들을 깨끗하게 치유한 채 새로운 천년을 맞이할 준비를 했어야 옳다. 유감스럽게도 우리는 그렇지 못했다. 그러나 '늦었다 여기는

때가 가장 빠른 때' 라는 격언으로 위안을 삼으며 이제부터라도 제대로
시작하자. 필요하다면 법과 제도를 정비하고 국민 의식 개혁 운동도 병
행하자. 우리 모두 팔을 걷어붙이고 이번엔 제대로 한번 해보자.

1999. 08. 27.

아! 금강산

신(神)의 조화로밖에 볼 수 없었다. 그것은 창조주의 최대 걸작이었다. 나는 심호흡을 하고 눈을 크게 떴다. 한 그루의 나무, 한 덩어리의 바위, 그리고 굉음을 내며 쏟아져 내리는 물줄기 하나라도 놓치지 않기 위해 온몸의 신경줄을 활처럼 팽팽히 당기며 금강산 초입(初入)에 서 있는 것이다. 그렇다. 나는 지금 내 생애 처음으로 북녘 땅을 밟고 민족의 명산(名山), 금강산을 오르고 있는 것이다.

일행은 탐방 첫날 기본 코스인 구룡폭포로 향했다. 온정리에서 신계사 터를 지나 주차장까지 7.6㎞는 겨우 금강산의 입구인데도 낙락장송들이 숲을 이루고 있다. 차에서 내리자 목란관이 우리를 맞는다. 여기서부터 옥류동 계곡이 시작되는 것이다. 속세의 풍진을 털어버리려고 폐부 깊숙이 신선한 산소를 들이마셔 본다. 그렇지 않고서는 한 발자국도 더 앞으로 나아갈 수 없을 것 같은 외경심(畏敬心)이 나를 감싼 때문이었다.

앙지대와 옥류동과 연주담을 거쳐 구룡폭포에 이르는 4㎞ 정도 계곡은 바로 선계(仙界)였다. 굽이치는 물길이 떨어져 내리나 했더니 어느새 하늘로 솟구쳐 오르면서 사방은 물소리로 가득했다. 수십 길의 바위산이 제각각의 모습으로 흡사 시위대장처럼 우뚝 서 있고 절벽 사이사이 고개를 내미는 소나무들마저 한 군데 흠잡을 곳 없이 절경을 이루고 있다. 2개의 구슬을 절묘한 고리로 꿰놓은 것 같은 연주담, 그 비취빛 물빛은 내 영혼을 말갛게 씻어주는 듯했다.

신비로움에 넋 잃어

우리는 성큼 금강산 최대인 구룡폭포로 향했다. 우뚝 솟은 옥녀봉을 머리에 이고 있는 통바위 벼랑 끝에서 100여 미터 아래로 단숨에 내리꽂히는 구룡폭포. 아홉 마리의 용이 한 몸을 이루며 천상으로 이어지는 비단 양탄자를 타고 난다고나 할까. 그리고 시원(始原)의 물보라가 일고 있는 폭포수 저 아득한 끝자락에 자리한 8개의 웅덩이, 상팔담은 지금도 나무꾼과 선녀의 전설을 고이 간직하고 있음이런가. 분단의 아픔도 잊고 금강산은 억겁의 세월을 저리도 장엄하고도 숙연한 모습으로 원시림(原始林), 그 순결을 고이 간직해 온 것을….

이튿날 일행은 첫날의 감격을 그대로 지닌 채 만물상(萬物相) 코스 탐승에 나섰다. 장전항을 벗어나 온정리, 관음폭포, 육화암을 거쳐 만상정까지 21킬로미터의 거리를 관광 버스로 오르면 차창을 통해 길 양 옆으로 200년의 연륜을 자랑하는 높이 20미터의 미인송(美人松)들이 쭉쭉 솟아 장관을 이루며 휙휙 스쳐간다. 만상정에서 차를 버리고 계곡을 따라 오르자 하늘을 향해 우뚝 솟은 3개의 바위, 삼선암이 신선의 자태로 우리를 맞는가 하면 저만치 귀신의 몰골을 한 귀면암이 이쪽을 노려보고 있었다. 절부암, 안심대, 망장천을 지나 마침내 이른 천선대(天仙臺). 세상의 모든 것을 바위로 빚어 놓은 것 같다 해 붙여진 만물상 이름 그대로 내 발 아래 온갖 기묘한 형상의 바위들이 읍하는 자세로 허리를 숙이고 있지 않는가.

송나라 시인 소동파(蘇東坡)가 "願生高麗國 一見金剛山"(고려국에 태어나 금강산을 한번 보는 것이 소원이다.)이라 했던 그 뜻를 느낄 수 있었다. 스웨덴 구스타프 국왕은 "하나님이 천지창조를 하신 여섯 날 중 마지막 하루는 금강산을 만드는 데 보내셨을 것이다."고 했다. 이외에 또 무슨 언어로 금강산을 소개할 수 있을까. 우리는 잠시 황홀경에 빠져 있다가 세차게 때리는 빗줄기를 느끼며 하산 길을 재촉했다.

"통일은 우리 세대에 이뤄야"

나무숲, 바위, 물 등이 한데 어우러져 한 폭의 수려한 한국화 그 자체인 금강산을 내려오면서 나는 깊은 상념의 나래를 펼쳐야 했다. 분단 53년. 우리는 이산의 피멍울에 가슴앓이를 하면서 지척의 혈육들이 하나둘 세상을 떠나지만 임종마저도 할 수 없는, 남북으로 허리가 잘린 세상을 살고 있다. 누구 때문인가. 왜인가. 그 같은 물음이 온정리에 다다를 때까지 내게서 떠나지 않았다.

다행히 국민의 정부의 햇볕정책으로 불리는 포용 정책과 팔십노구로 소떼를 몰고 판문점을 넘었던 정주영 현대그룹명예회장의 결단으로 금강산 관광 길이 열려 실향민들은 망향의 한을 조금이라도 푼 게 아니던가. 비록 철조망이 쳐진 길을 따라 다녀야 했고 한 핏줄인 북녘 동포들과 얼싸 안고 맺힌 한과 절규를 울음으로 토해낼 수는 없었지만 금강산에 길이 뚫리듯 언젠가는 저 북쪽 곳곳에 둘러쳐진 금단(禁斷)의 철조망이 걷힐 날이 오지 않겠는가.

지난해 11월 이후 21일 현재 11만1천515명이 금강산을 다녀왔고 이의 대가로 1억7천400만 달러를 북에 지불했다 한다. 나는 이 같은 돈이 무기 구입이 아니라 진실로 헐벗고 굶주린 북한 동포들을 위해 쓰여지길 두 손 모아 기도 드리는 심정이 됐다. 온정리 차창 밖으로 스치는 회색 빛깔의 북녘 산하, 낡은 집, 그리고 남루한 옷차림의 주민들이 우리의 60년대 생활상과 겹치면서 마음으로 눈물을 흘려야만 했기에 그랬다. 그리고 어스름이 깔리는 그 길을 달리면서 다짐했다.

"통일은 우리 세대에 기필코 이뤄야 한다."

1999. 09. 29.

'뉴라운드' 개방 태풍

'뉴라운드' 비공식 각료 회의가 지난 26일 폐막됐다. 새 다자간(多者間) 무역협상(뉴라운드) 출범을 공식 선언할 시애틀 제3차 세계무역기구(WTO) 각료 회의를 5주 앞두고 이틀 동안 스위스 로잔에서 24개 WTO 주요 회원국 각료들이 만나 의제 범위와 협상 방식 등을 미리 논의했지만 일부 개발도상국마저 농산물 시장 개방 가속화에 동조함으로써 우리 입장이 어려운 상황에 몰리게 된 것 같다.

우리는 새 천년의 경제 질서를 좌우할 WTO의 뉴라운드협상을 주시하지 않을 수 없다. 그것은 이 협상이 무역 자유화의 폭을 우루과이라운드(UR) 때보다 더 넓히는 것이며 농산물 분야에서 UR 쌀시장 개방보다 더 큰 파장이 예상되고 있기 때문이다. 개방 효과의 파장에서 UR이 강풍이었다면 뉴라운드는 태풍이라 비유할 수 있는 탓이기도 하다.

미국과 농산물 수출국인 케언즈 그룹의 호주 · 뉴질랜드 · 캐나다 등 15개 국, 그리고 일부 개도국은 농산물 시장의 대폭적인 추가 개방을 요구하고 있다. 케언즈 그룹은 심지어 농산물도 공산품과 같은 수준의 무역 자유화를 요구하며 관세의 대폭 삭감을 주장하고 있다. 미국은 이 같은 입장에 동조하면서 농산물 보조금 및 관세의 대폭 인하와 삭감을 추진하려 하고 있다. 만일 미국 등 농산물 수출국들의 계획대로 추진된다면 우리나라와 일본, 그리고 유럽연합 등 수입국들은 피해를 보지 않을 수 없게 된다. 특히 우리나라의 경우 농업의 영세성을 벗어나지 못하고 있어 더 큰 피해가 우려된다.

쌀 생산 50% 감소 우려

만일 농산물 수출국 논리대로 협상이 마무리된다면 우리 나라 주요 농산물은 10년 안에 생산량이 35% 줄어들고 특히 쌀 생산량은 절반 이하로 떨어질 것으로 예측된다. 그로 인한 피해는 6조~10조 원 규모나 된다.

전문가들은 농산물 수입 개방이 선진국 수준으로 확대되면 전체 경제 중 농업의 비중은 98년 말 4.2%에서 10년 후엔 2.5%로 줄어들 것으로 분석했다. 농업 종사자도 현재 234만 명에서 10년 후 169만 명으로 감소, 전체 취업자 중 농민 비중이 6.8%로 줄어든다. 현재의 비중인 12.2%에 비해 거의 절반 정도 주는 셈이다. 또 국내외 가격차만큼 관세를 부과하는 관세화를 통한 완전 개방이 추진되면 우리의 쌀 생산은 절반 이하로 떨어질 우려도 크다. 관세화가 안 된다 해도 쌀 수입 의무량이 현재 연간 소비량 기준으로 4%에서 8%로 늘어날 경우 쌀 생산은 1조 4천 68억 원 정도 줄어든다는 것이다. 쌀 자급률(연간 소비량 대비 생산량)은 104.9%에서 2010년에는 70%대로 떨어져 식량 안보를 위협하게 되리라는 우려의 시각도 있다. 물론 우리 정부는 일본 등 수입국들과 함께 식량 안보와 고용 문제 등을 들어 농산물의 비교역적 기능을 강조하면서 점진적인 시장 개방을 주장하고 있다.

지난 19일 미국인 투자기업단과 함께 광주에 온 보스워스 미국 대사에게 필자가 "쌀 주산지인 전남 지역은 오는 11월 초 뉴라운드 협상이 시작되면 막대한 피해가 예상되므로 쌀 시장을 단계적으로 개방해야 된다."고 역설하자 대사 역시 "점진적으로 개방하는게 좋겠다."고 대답했다. 미대사는 주재국에서 외교적 수사(修辭)로 그러한 대답을 할 수 있겠지만 우리 정부는 일본을 비롯한 유럽연합과 힘을 합쳐 우리의 입장을 관철해야만 된다.

이와 함께 국내적으로는 어느 때인가는 수출국들의 주장대로 이뤄질 것에 대비해야 한다. 그런 의미에서 전남도가 협상이 끝날 때까지 농업인 상담 창구와 협상 자문 기구를 운영, 범도민적인 대응 태세를 갖춰나가고 안정적 쌀 생산 대책 추진, 농산물 유통 구조 개선, 친환경 농업 육성 및 농산물 수출 증대, 지식 기반을 선도할 전문 농업 경영체 육성을 통해 농업 경쟁력을 제고한다는 방안을 내놓은 것을 환영한다.

反덤핑 규정 개정 관철을

또 하나, 정부는 우리나라와 일본이 공산품 반덤핑 조치 남발의 최대 피해자라는 점에서 반덤핑 규정 개정 문제는 반드시 의제에 포함시켜야 한다. 미국의 반대가 심하다지만 뉴라운드는 다자간 규범을 확고하게 정립하고 새로운 통상 이슈들에 대한 국제규범화를 통해 교역 자유화를 확대해 나가는 데 그 의의가 있기에 정부는 개발도상국들은 물론이고 일본

유럽연합 등과 연대해 우리의 안이 통과되도록 외교적 노력을 기울여야
한다. 우리 농민들은 93년 말 김영삼 정권 때 실패했던 UR협상의 악몽을
떠올리며 불안한 마음으로 11월의 뉴라운드 협상을 기다리고 있다. 정부
는 피해를 최소화하는 전략을 세워야 하며 국민들에게 현상을 제대로 알
려야 한다. 농민·시민 단체도 외국 단체 등과 연대하여 농산물 수출국
들의 공세를 막을 필요도 있다 하겠다.

1999. 10. 29.

장밋빛에 가린 빈곤층

국제통화기금(IMF) 체제 2년. 지긋지긋하던 질곡(桎梏)의 터널 끝이 보인다 한다. 아니 숫자로 표시되는 우리의 경제지표는 이미 IMF 이전 단계와 비슷한 수준으로 올라섰음을 나타낸다. 끝없는 심연(深淵)으로 추락했던 우리 경제가 2년 만에 밑바닥을 치고 회복의 조짐을 보이고 있다니 얼마나 다행한 일인가.

정부와 민간 연구소에 따르면 올해 1인당 국민소득은 8천700달러 안팎으로 전망된다 한다. 지난해 6천 823달러보다 2천 달러 정도 늘어나는 셈이고 94년의 8천 998달러에 거의 이른 수준이다. 경기 회복과 환율 하락이 안겨준 성과다. 장밋빛 전망은 계속된다. 내년에는 국민소득이 다시 1만 달러 수준으로 회복돼 IMF체제 이전으로 회귀하게 된다 한다. 삼성연구원은 국민 1인당 총소득을 1만 73달러, LG연구원은 1만 382달러로 각각 추정하고 있다. 95년 1만 823달러, 96년 1만 1천 380달러, 97년 1만 307달러 등 1만 달러를 넘는 소득을 구가했던 그 시절로 되돌아가게 된다는 것이다.

되살아난 과소비

통계청은 지난 10월 중 전국 실업자 수가 전달보다 4만 8천 명이 줄어 102만 1천 명을 기록했고 실업률도 9월보다 0.2% 포인트 떨어진 4.6%로 집계됐다는 반가운 자료를 밝혔다.

그런 탓일까. 휴일이면 자가용 행락객들이 줄을 잇고 해외여행객들마저 IMF 이전 수치에 육박하고 있다 한다. 서울 쪽 얘기지만, 고급 룸살롱이나 특급 호텔에서는 한 병에 40만 원 정도 하는 양주들이 불티나게 팔리고 있고 대형 백화점 명품코너에서는 100만 원짜리 핸드백, 한 벌에 200만 원 하는 양복을 없어서 못 판다는 보도다. 그뿐인가. 서울의 어느 호텔은 다음달 31일부터 새해 1월 2일까지 2박3일 투숙에 최고 2천만 원 하는 '밀레니엄 럭셔리 콜렉션'을 내놓았다 해 장안의 신문들이 대서특필했다.

이 같은 움직임을 보면 IMF는 이제 끝난 것처럼 보여진다. 아니 그 같은 생활을 하는 족속들에게는 아예 처음부터 IMF체제라는 '경제의 치욕'은 머나먼 남의 나라 일이었을지 모른다. 지금 세상을 들쑤셔 놓듯 하고 있는 옷로비 사건도 고위 공직자 부인이 한 벌에 400만 원 하는 밍크 코트를 구입한 후 주위의 따가운 눈총 때문에 이리저리 둘러대다가 요모양 요꼴로 꼬이게 만든 셈 아니던가.

우리 경제가 정부와 연구소의 발표처럼 IMF 이전 수준으로 회복했다 하더라도 가진 자들이, 공직자와 그 부인들이 그래서는 안된다. 우리는 95년 이후 3년 간 국민소득 1만 달러를 넘었다는 자만심으로 제 분수 모르고 펑펑 달러를 써 댔다. 중산층마저 졸부(猝富)처럼 소비하며 살았다. 기업은 그들대로 은행 빚 얻어 문어발식으로 기업을 늘려 어지간한 기업인은 재벌그룹 회장으로 행세했다. 덩달아 봉급 생활자들도 저축보다 마이카를 굴리며 행락과 과소비로 한 세월 잘 지냈다. 그리하여 돌아온 것이 '국가부도직전'의 IMF 체제 아니었던가.

지금 정부와 민간 경제연구소가 내놓은 장밋빛 경제 전망은, 그러나 아쉽게도 IMF 이전과 그 내용 면에서 질적으로 다르다는 것을 깨달아야 한다. 수치(數値)로 포장된 마력에 홀려서는 안된다는 의미다. 이는 아직도 우리는 IMF터널을 다 통과하지 않았음을 새겨야 한다는 뜻이기도 하다.

그것은 비록 국민소득이 8천 700달러 수준에 이르리라 여겨지지만 이는 빈부의 격차가 더 심해진 상태에서 일구어진 수치이기에 서민들은 여전히 힘든 삶을 살고 있다는 점이다. 지난 10일 서울대에서 열린 한 포럼에서 발표했던 류정순 상명대 교수의 논문이 이를 증명한다. "월 소득 23만 4천원 이하 최저생계비를 기준으로 빈곤율이 97년 14.4%, 98년 17.2%, 99년 18.8%로 점점 높아지고 있으며 99년 빈곤층 수는 1천 29만 8천 853명에 이르는 것으로 추정된다."는 발표는 IMF 체제 이후 중산층이 몰락했음을 반증함이 아닌가.

심각한 사회 兩極化 현상

그런데도 국민소득이 올랐다는 것은 부(富)의 편중 현상이 더욱 심해졌다는 것에 다름 아니다. 이날 포럼에서 노대명 인하대 교수는 "도시 가구의 소득규모별 소득 변화를 분석한 결과 98년 하위 60%의 가구는 소득이 감소한 반면 상위 20%의 소득은 외환 위기 이후에도 여전히 증가세를 유지하고 있는 것으로 나타났다."며 "20 대 80의 사회(20%의 부유층과 80%의 빈곤층으로 양극화된 사회)가 현실화되고 있다."고 경고했다. 국민소득 증가라는 숫자 놀음에 취해서는 안 된다는 것이다.

특히 중소 제조 업체가 대부분인 광주·전남 지역은 아직도 경기 회복의 조짐이 더딘 것으로 나타나고 있다. 이 지역 공장 가동률은 광주가 97년 9월 82.4%, 99년 9월 73.7%, 전남은 97년 9월 78.9%, 99년 9월 67.9%를 기록하고 있다. 아직 IMF 터널을 통과했다고 샴페인을 터뜨릴 때가 분명 아닐 것이다. 오히려 '20대 80의 사회'를 더 걱정해야 할 때다. 가진 자는 자숙해야 된다. 그리고 정부는 사회의 양극화가 몰고 올 사회적 불안을 줄이기 위해서 보다 근본적인 사회 안전망 구축을 서둘러야 한다.

1999. 11. 26.

고령 사회와 노인 복지

UN이 정한 세계 노인의 해가 저물어 가고 있다. UN은 올해를 '모든 세대가 함께 하는 사회'로 정하고 노인의 독립성 유지, 사회 참여, 보호 받을 권리, 자아 실현, 존엄성 유지의 5가지를 실천키로 다짐했었다. 그 러나 '모든 세대가 함께 하는 사회'는 99년 한 해에 다 이룰 수 있는 사안 은 아니었다. 고령 세대의 문턱에서 노인 문제를 해결하고 예방하는 의 미에서 국가의 노인 복지 정책의 틀을 다시 짜고 장기발전 계획을 수립 하는 계기가 된 한 해로 자리매김하는 데 만족해야 했던 것이다.

의학의 발달, 식생활의 개선 등으로 인간의 수명은 길어져 우리도 고 령화 사회로 성큼 들어섰다. 우리나라 노인 인구는 98년 말 현재 전체 인 구의 6.6%인 305만 명에 이르렀다. 2000년이면 7%가 넘고 2022년에는 14%를 초과할 것으로 보인다. 노인 인구의 비율이 7%이면 고령화 사회 이고 14%가 넘으면 고령 사회다. 때문에 노인 복지 문제는 이제 더 이상 미룰 수 없는 '발등의 불'이 되고 있다. 특히 우리나라는 자유민주주의 체제의 복지 국가를 지향하고 있기에 정부 차원의 대책을 더 미룰 수 없는 상황에 이르렀다 하겠다.

노인 복지 예산 겨우 0.25%

복지 국가(福祉國家)란 일반적으로 국민의 경제적 안정과 평등을 증진하는 것을 최우선적으로 추구하는 나라라 정의할 수 있다. 따라서 노인의 복지 문제도 노인의 경제적 안정과 평등을 높이는 방향에서 추진돼야 한다. 노인 복지는 사회가 노인에게 베푸는 시혜가 아닌 젊은 날의 근로에 대한 보상이다. 때문에 하루 세 끼의 식사와 적당히 쉴 수 있는 환경만으로는 이상적인 대책이라 할 수 없다. 그러나 우리의 현실은 어떠한가. 지난해 노인 복지 부문이 차지하는 예산의 비율은 겨우 0.25%로 노인 복지는 전적으로 개인과 가족에게 맡겨져 있는 형편이다. 대부분의 노인들은 모든 역할을 박탈당한 채 소외감과 고독감에 시달리며 살고 있다.

일본의 경우 70년 이후 고령화 사회를 거쳐 94년부터 고령 사회로 접어들었다. 국가 예산 중 노인 복지 부문이 차지하는 비율은 3.7%나 된다. 노인들은 친지와 자주 만날 수 있는 도시 근교 농촌에 살면서 해외 여행이나 여가 활동을 즐긴다. 일본은 고령화 사회로 들어서던 70년대 초 국민소득 2000달러 시절 국민연금 제도를 실시하며 만65세 이상 노인 모두에게 그냥 노령 수당을 지급했다. 그 당시 노인들이 국민연금을 부은 일은 없었으나 어려운 시절 여러 부문에서 공헌했다는 점을 인정해 그렇게 했던 것이다.

稅制 개편으로 재원 마련을

미국은 '노인들에게 개별적으로 돈을 지급하는 것보다는 노인 봉사 단체를 지원해 노인들이 보람차게 살 수 있도록 돕는 정책'을 펴고 있다. 미국은 노인청과 노인단이 노인 정책을 맡도록 하고 있다. 노인청은 건강하나 가난한 노인들이 몸을 움직이지 못하는 늙은 노인이나 장애인, 결손 아동 등에게 음식을 배달하거나 집안 일을 도와주도록 이들 단체나 개인에게 자금을 지원하고 있다. 노인이 사회 활동을 하거나 병원에 갈 때는 교통비를 지원해 준다. 이를 위해 연간 8억 8천만 달러의 예산을 배정하고 있다. 노인단은 클린턴 대통령이 93년에 국가서비스연합 소속으로 만들었다. 이곳에서는 양손자 맺기 운동, 은퇴자 및 노인 자원봉사자 활동 지원, 노인의 친구 프로그램 운영 등 3가지 운동을 펴면서 노인들이 안락한 노후를 보내도록 하고 그들에게 일감을 만들어 주는 역할을 하고 있다.

우리나라의 고령화 속도는 선진국에 비해 무척 빠른 것으로 분석되고 있다. 이처럼 고령화는 빨라지는데 노부모 봉양 의사는 현저히 줄고 있는 것도 문제다. 20년 전만 해도 조부모와 함께 사는 3세대 동거 가구 비율이 69%였으나 지금은 32%로 줄었다. 반면에 노인 단독 세대 비율은 19.8%에서 53%로 뛰었다. 특히 저소득층 노인 복지 문제는 화급을 다투는 일이라 아니할 수 없다. 생활보호대상자인 노인은 24만 8천 명이지만 정부나 자치 단체의 무료 노인 복지 시설의 혜택을 받는 노인은 그 중 3.6%에 불과할 정도다.

이제 정부는 노인 복지 문제가 발등의 불인 이상 '예산이 없다.'는 핑

계로 노인 복지에 소극적이어서는 안 된다. 세제(稅制)의 개선 등을 통해 재원을 마련할 수 있다고 본다. 미국과 유럽 등에 비해 낮은 토지보유세를 대폭 올리고 종합토지세의 누진세율을 적용해 중과세를 하며 주식 양도세 등을 올려 현재 부익부 빈익빈의 모순된 세제(稅制)를 개선한다면 그 돈으로 노인 복지 문제를 어느 정도 해결하리라 믿는다.

　새로운 천년이 시작되는 새해에는 노인 복지가 제대로 이뤄져 젊은 시절의 고생을 잊고 편안한 노후를 즐기는 노인들의 천국이 됐으면 한다.

1999. 12. 20.

50년 만의 만남

　우리는 그들이 반세기 전의 고향 마을과 어린 시절로 되돌아가 지난 세월 동안 기억 저편 망각의 세상에 묻어 두었던 인연의 끈을 잇는 모습에서 분단의 아픔을 읽어야 됐다. 그리고 가족과 함께 했던 3박 4일의 꿈같은 시간을 다시 기억 속에 묻고 눈물로 헤어지는 저들의 처연(悽然)한 심정을 느낄 수 있었다. 아니, 그것은 고문처럼 우리의 가슴을 찌르는 통증이었다.

역사의 큰 물결

총선시민연대의 '부적격자 공천 반대' 라는 정치 개혁 운동은 '시민 혁명' 이자 '명예 혁명' 이라 할 수 있다. 이는 국민의 뜻이며 하늘의 뜻이기도 하다.

그동안의 정치 관행과 기성 정치인들에 대한 국민들의 불신과 분노는 깊고 폭넓게 자리잡았던 게 사실이다. 밀실공천, 무책임한 폭로, 당적을 바꾸는 철새들, 부정부패에 연루되거나 생산성 없는 정쟁(政爭)으로 밤낮을 허송세월하다가 세비 인상 등 잇속 차리는 일에는 여야가 손발을 맞춰 온 우리 정치권의 실상이 국민들의 정치 혐오감을 부추겼던 것이다.

최근의 선거법 협상 결과는 그러한 국민들의 감정에 불을 붙이는 격이 됐다. 마침내 시민 단체들은 힘을 모아 '국민의 힘으로 정치권 정화' 를 외치게 된 셈이며 그 첫번째 시도로 '공천 부적격자 명단' 이 발표됐다.

정치권 淨化의 첫 시도

국민들은 이번 총선시민연대의 명단 발표로 그동안의 정치 불신과 무관심에서 벗어나기 시작했고 정치 개혁의 주체로 등장하고 있다. 그런 의미에서 정치권은 겸허한 자세로 역사의 흐름에 순응해야 한다.

김대중 대통령이 지난 16일 '과거 4·19나 6월 항쟁 등도 당시 실정법에는 저촉됐지만 국민의 의사에 의해 정당성이 입증됐다.'고 밝혔듯이 시민 운동은 적법성 여부를 떠나 흑인민권운동가인 킹목사의 '시민 불복종' 논리로 봐야 된다는 시각이 설득력을 더해가고 있음을 정치권은 깨달아야 한다.

그런 뜻에서 최근 정치권 일부에서 제기하고 있는 '음모론'은 옳지 않다고 여겨진다. 자민련은 총선시민연대가 JP의 정계 은퇴를 권고한 데 격앙하여 청와대와 민주당이 시민연대와 짜고 자민련을 붕괴시키려고 명단을 발표했다고 의심하고 있다. 그러나 그들의 주장은 어딘지 논리에 맞지 않게 느껴진다.

정말 저들의 주장이나 의혹처럼 총선시민연대가 청와대와 민주당의 조종을 받아 그 같은 일을 벌였을까. 명단 발표 이후 총선시민연대 사무실에 반발하는 정치인들을 비판하면서 '꿋꿋하게 맞서라.'는 시민들의 격려 전화가 잇따르고 있다는 보도는 시민연대의 발표가 국민의 뜻이었음을 증명한다. 그것은 어느 정파의 술수에 놀아난 것이 아니라는 방증이기도 하다. 또 하나, 이번 총선시민연대는 그 자격을 엄선해 470여 단체로 구성됐고 몇 가지 기준에 의해 마련된 명단은 상임대표단과 정책위원장단, 정책자문단과 변호인단의 자문을 거쳐 유권자 100인 위원회의 최종 심판을 통해 확정된 것이었다. 이런 과정을 살펴보면 '음모론'은 설자리가 없음을 알 수 있다.

정치권은 지금 들불처럼 활활 타오르고 있는 '혁명적 시민운동' 의 실상을 제대로 깨달아야 할 것 같다. 김 대통령이 지난 26일 연두기자회견에서 '시민단체들의 공천 반대자 명단 발표는 국민이 참여하는 정치에 관한 시대적 흐름의 반영으로 볼 수 있다.' 고 갈파하고 음모론을 일축한 것처럼 선거와 관련된 요즈음의 시민단체 활동은 역사의 흐름이다. 그리고 그 흐름은 '시민 혁명' 이자 '명예 혁명' 이나 진배없다 하겠다.

票로 응징할 각오도

우리는 2000년 새로운 세기를 맞았다. 권력과 재벌의 눈치를 살피며 부정과 부패에 물든 인사들은 정치의 장(場)에서 퇴장해야 마땅한 시기가 온 것이다. 이제는 능력과 비전, 깨끗한 덕목을 지닌 그러한 새로운 사람이 요구되는 시대인 것이다. 때문에 스스로 정치 개혁이라는 자정(自淨)을 이루지 못한 정치인은 타의에 의해 물갈이될 수밖에 없는 것 아니겠는가. 국민들의 80% 이상이 시민연대를 지지한 것이나 변호사협회 전·현직 회장 5명이 이들을 지지하고 무료 변론을 자청한 의미를 직시해야 한다.

그러기에 총선시민연대의 발표를 국민의 뜻으로 여기고 겸허히 수용하길 권한다. 억지 주장이나 중상모략으로 대하(大河)처럼 흐르는 역사의 물결을 거슬러서는 안된다. 당사자들은 괴롭겠지만 시민연대에서 그 작업에 참여했던 사람들의 뜨거운 애국심에 귀기울여야 한다. '마지막 5일간 매일 한두 시간의 새우잠을 자면서도 역사를 만들어간다는 소명의식으로 견뎠다.', '월 평균 60여 만 원밖에 받지 않지만 역사 한가운데 있다는 자부심으로 지탱했다.'는 저들에게 '음모론'의 멍에를 씌우는 것은 아무래도 적절치 않다.

박원순 상임공동집행위원장은 정치권의 반발에 대해 정정당당한 공개토론회를 갖자고 했다. 물론 개인이 아니라 조직을 위해, 당을 위해 일하다 몰린 억울한 정치인도 있을 것이다. 이들은 당에 소명 자료를 내고 시민연대와 토론회를 가져 결백을 증명하면 되리라고 본다.

이제 주사위는 던져졌다. 정치권의 행태로 미뤄 봐 명단이 100% 공천에 반영되지 않으리라는 우려도 없지 않다. 때문에 국민들은 최악의 경우엔 초지일관, 투표장에서 '시민 혁명'을 완성할 각오를 단단히 다져야 할 것 같다.

2000. 01. 28.

환란 그늘 속 사치성 낭비

외무부장관을 지낸 김용식(金溶植) 씨가 쓴 회고록 '새벽의 약속'에 이런 대목이 나온다.

내가 두 번째 영국에서 근무할 때 관저에 영국 상공장관 쇼 씨 내외를 초청한 일이 있었다. 만찬 전 정원에서 칵테일을 하고 나서 얼마 뒤 쇼 장관 부인이 한 쪽 귀고리가 없어졌다고 전해 왔다. 대사관 직원들이 정원을 샅샅이 뒤졌으나 찾지 못했다. 다음날 장관 부인의 나머지 귀고리 한 짝을 빌려와 유명한 보석상이 있는 본드가에 가서 다른 한 짝을 만들어 달라 했다. 보석상 주인은 한 짝의 귀고리를 감정한 후 "이 귀고리는 3파운드(한화 6천원)짜리밖에 안 됩니다."고 했다. 대영제국 상공장관 부인의 장신구가 불과 몇 천 원의 값싼 물건인 것에서 나는 영국인의 검소한 생활 태도를 다시 한번 느낄 수 있었다.

검소한 생활 몸에 배야

우리 사회에 또다시 사치성 소비재 수입이 크게 늘어나면서 경상수지가 적자로 돌아섰다는 보도를 보면서 문득 김장관의 회고록에서 읽은 영국 상류층의 검소함이 우리 사회와 대비돼 떠올랐다. 물론 우리의 경상수지가 악화되고 있는 것은 사치성 소비재 수입 과다에서만 비롯된 것은 아니다. 유가(油價) 인상으로 인한 원유 등 에너지와 석유 제품 수입 증가, 전자·정보통신 분야 자재 수입 급등이 무역수지 악화의 한 요인이 되고 있음도 사실이다. 그렇지만 사치성 소비재로 인한 무역 적자와 여행 수지 적자가 큰 몫을 차지하고 있다는 데서 바로 환란(換亂) 이전 상황을 재연(再演)하고 있는 듯해 우려를 금할 수 없다.

우리나라는 지난 2년 동안 환란으로 수입이 줄면서 650억 달러의 흑자를 냈다. 26개월 간 흑자 행진의 계속이었다. 그러나 금년 들어 제동이 걸렸다. 1월 무역수지가 4억 달러 적자를 기록한 것이다. 김대중 대통령이 지난달 16일 산자부 업무 보고 때 '27개월 만에 무역수지가 적자로 돌아선 것은 올해 무역수지 목표 달성을 위한 위험 신호로 특단의 대책이 필요하다.'고 역설할 정도로 심각한 상황인 것이다.

적자의 원인은 계절적 요인에다 재고 확충과 설비 투자 회복에 따른 자본재·중간재 수입이 늘어난 때문이라고는 한다. 그러나 다시 급증하고 있는 사치품 수입과 그와 관련된 과소비 행태가 우리 경제에 먹구름을 드리우고 있음을 간과해서는 안 된다. 자본재나 중간재 수입 증가는 궁극적으로는 수출로 이어져 큰 문제는 없다. 이러한 원자재도 기술 개발로 대체품을 만들어야 한다. 이 경우 시일이 걸리기에 단기적 무역수지 대책은 불필요한 수입을 줄이는 길밖에 없다.

그러나 우리 실상은 그저 암담할 뿐이다. 지난 1월 사치성소비재의 경우 냉장고(298.3%), 승용차(240.4%), 녹화재생기(216.9%) 등의 수입이 지난해 같은 기간 대비 200% 이상 증가했다. 위스키, 가구, 골프 용품 등의 수입도 격증했다.

사치품 수입 200% 이상 증가

한국은행에 따르면 지난 1월 한 달 동안 우리 국민이 해외여행에 쓴 경비는 4억 7300만 달러로 외국인이 우리나라에서 쓴 4억 2800만 달러에 비해 4500만 달러의 적자를 기록했다. 1월 외국인 관광객 수는 지난해 같은 기간에 비해 5%가 줄어든 반면 해외 여행을 위한 출국자 수는 24%나 늘어났다. 특히 연말연시와 설 연휴 기간에는 유럽이나 동남아, 미국 등지로 나가는 비행기표가 모두 동이 날 정도였다는 것이다.

자본주의 사회에서 제가 번 돈 제가 쓴다는데 탓할 수만은 없다. 그러나 과소비는 경계해야 한다. 그것은 그 한 사람만의 문제가 아니기에 그렇다. 부유층의 고가 수입품 선호는 중산층과 저소득층으로 전염될 뿐만 아니라 계층간의 갈등을 조장하게 되고 사회 통합을 저해하는 요인이 되는 탓이다. 호화 해외 여행도 마찬가지의 논리를 적용할 수 있다.

우리 사회는 아직도 IMF의 그늘이 짙게 드리워져 있다. 통계청에 따르면 지난 1월 중 실업자는 112만 7천 명으로 전달에 비해 8만 7천 명이 늘어났고 실업률도 5.3%로 0.5%포인트 높아졌다. 실업률이 5% 선을 넘은 것은 지난해 8월 이후 5개월 만이다. 특히 지난 1월에는 청년 계층 실업률이 큰 폭으로 상승해 15~19세와 20대 실업률은 각각 0.9% 포인트 상승한 18.9%와 9.8%를 기록할 만큼 우리 경제 여건은 불안한 실정이다.

환란의 고통에서 채 벗어나지 못한 계층이 생존의 몸부림을 치고 있는 시점에서, 개혁 완수를 위해 온 국민이 힘을 모아야 될 이 시기에 흥청망청 과소비를 해서는 안된다. 국민들은 현실을 정확히 꿰뚫어 보는 지혜와 함께 분수를 지켜야 한다. 그리고 정부는 장밋빛 청사진이나 선심 정책을 남발해 국민들을 들뜨게 하는 우(愚)를 범해서는 안된다.

2000. 02. 25.

유권자의 무혈 혁명

드디어 출발 신호가 울렸다. 4·13총선 스타트 라인에 서서 애를 태우던 무소속 후보들도 이제 마음껏 활개를 치게 됐다. 봄이라지만 황사(黃砂) 끼고 냉기가 채 가시지 않은 계절인데도 그들은 힘찬 레이스로 16일 간의 대장정(大長征)에 들어갔다. 정당의 공천을 받은 현역 의원들의 독무대에 등장해 저들과 함께 '국정(國政) 수행' 능력을 테스트 받게 된 것이다.

舊態依然한 선거 문화

우리는 새 천년 첫 해에 실시되는 이번 총선에 많은 기대를 걸고 있는 게 사실이다. 구태(舊態), 악습(惡習)에서 벗어나 새로운 모습, 새 천년에 걸맞은 선거가 되길 바란다. 그리하여 새로운 선거 문화가 이 땅에 뿌리 내리길 기원한다. 그러나 여태까지 지켜본 행태들은 옛날 그것과 조금도 달라지지 않은 것 같다. 기대가 크면 실망도 크다 했던가. 새로운 탄생을 다짐하던 정치인들의 새해 인사말에 솔깃했기에 우리의 실망은 기대만큼이나 클 수밖에 없다.

우선 총선시민연대의 공천 부적격자 명단을 수용하겠다는 여·야당의 약속은 허무하게 무너졌고 일부 공천은 밀실에서 비합법적으로 이뤄졌다. 우리 헌정(憲政) 사상 처음으로 여당 공천자의 공천 효력이 정지되는 결정을 법원이 내리는 사태로까지 이어졌다. 법을 만드는 국회의원을 뽑는 총선 후보자를 내면서 정당들이 법을 어기며 밀실·낙하산 공천을 하다가 수모를 당한 셈이라 하겠다.

지난 28일 등록을 마친 전국구 비례대표 인선도 종전과 변함이 없다는 느낌이다. 이 제도는 직능 대표를 발탁하기 위해 도입된 것이다. 그런데도 여전히 구태의연하게 활용하고 있을 뿐이다. 민주당은 여성을 당선 안정권에 30% 배정했고 그런대로 직능 대표를 안배했다는 평가다. 그러나 지역구에서 탈락한 의원과 대통령과 가까운 측근들을 안정권에 배치했으며 장애인, 노동계 등을 홀대했다는 평을 받고 있다.

한나라당 등 나머지 야당은 '여성 30% 할당'을 지키지 않아 여성계의 반발을 사고 있는 모양이다. 그런가 하면 한나라당은 지역구 공천 탈락자 6명을 20번 순위 이내에 넣었고 공천파문에 책임을 지고 당직을 사임했던 윤여준 씨를 비롯한 총재 측근들이 대거 발탁돼 정실 공천이라는 구설수에 올랐다. 지역구 공천 당시 중진들을 탈락시키면서 '개혁'을 운위했던 그 기개는 전국구 공천에서 흔적도 없이 사라져 버린 것이다. '귀에 걸면 귀걸이 코에 걸면 코걸이' 식으로 말을 바꾸고 있는 셈이다. 자민련과 민국당은 아예 재력가를 상위 순번에 배정해 돈공천인 '전국구(錢國區)'라는 비아냥을 받고 있는 실정이다. 도대체 정당들의 행태는

15대 때와 하나도 변함이 없다.

국회의원 선거법은 또 얼마나 허망하던가. 무소속 출마자들은, 특히 신인들은 법정 선거 운동 기간이 아닐 경우 명함 한장 돌리기도 어려울 정도로 손발을 묶어 놓고 현역 의원들은 '당 대회다, 개편 대회다, 의정 보고회다' 하면서 마음대로 유권자들을 접촉하도록 하고 있다. 물론 당 대회나 개편 대회는 당원들만 참석키로 됐다지만 그게 가능한 일이던가. 정치 신인들의 등장을 제도적으로 막는 불공정한 법이기에 이번 총선이 끝나면 국회의원 선거법도 개정을 해야 한다. 그리하여 현역 의원들에게 주어진 프리미엄을 과감히 제거하고 정말 구태에 물들지 않은 정치 신인들이 그들과 같은 조건에서 정정당당히 겨룰 수 있도록 해야 한다.

유권자들의 의식도 달라진 게 없다는 보도다. 서울 지역의 교수 출신 어느 야당 공천자가 선거브로커에게 부대끼고 정치인들에게 실망해 공천장을 반납하고 정계를 떠난 데서 이미 드러났지만 아직도 돈을 원하는 유권자들이 존재하고 있는 듯하다. 자원 봉사는 허울뿐이고 너도나도 돈을 좇고, 돈에 표를 판다면 지금 시민 단체들이 어려운 조건 속에서 벌이고 있는 유권자 심판 운동은 공염불이 되기 십상이다.

유권자 각성이 國運 결정

물론 우선 당장 몇 만 원의 공돈이 들어오면 기분이 좋을 것이다. 그러나 그러한 돈들이 풀려 결국은 인플레를 부추겨 물가가 오르면 공돈의 몇 배 더 많은 돈으로 물건을 사야 된다는 점을 깨달아야 된다. 돈으로 표를 사 국회의원이 된다면 그들이 하는 일은 불을 보듯 환하다. 한보 사태 등에서 드러났듯 나라 일은 뒷전이고 본전을 챙기려 검은 돈과 결탁하려 들고 급기야는 나라 경제마저 망치고 말지 않았던가.

결국 주사위는 던져졌다. 나라의 명운(命運)이 정치에 발목 잡혀 뒷걸음질하느냐 그렇지 않느냐의 여부는 유권자들에게 달려 있는 셈이다. 이번 총선에서 그야말로 국민을 위해 봉사할 수 있는 자질 있고 참신한 후보에게 표를 몰아주어 유권자 혁명을 이뤄보자.

2000. 03. 31.

부활한 5월의 꽃

오늘은 광주민주화운동 20주년이 되는 날. '광주의 5월'은 강산이 두 번 변한 오늘에서야 비로소 활짝 꽃을 피울 수 있게 됐다. 민주 영령들은 '광주선언'을 통해 신록에 휩싸여 '민주와 인권의 화신(化身)'으로, '호국의 영령'이란 이름의 화사한 한 떨기 꽃으로 그 모습을 드러낸 셈이다.

대통령 기념식 첫 참석

'광주의 5월'. 그것은 인고(忍苦)의 계절이었고 가슴을 저미는 아픔의 삶 그 자체였다. 12·12쿠데타 세력에 의해 '5월의 영웅들'은 '폭도'란 꼬리표를 단 채 어둠의 세계에 내동댕이쳐졌고 그 가족들은 피맺힌 울음을 속으로 삼키며 가슴에 피멍울을 새겨야 됐다. 그러나 역사는 절대권력자의 편으로 영원토록 기록될 수는 없는 것이다. 그들이 물러간 뒤 문민정부는 뒤틀린 역사 바로잡기에 나섰고 뒤를 이은 국민의 정부, 학자와 사관(史官)들은 이제 제대로 된 사초(史草)를 쓰고 있는 것이다.

영령들이 잠든 망월동 묘역은 성역으로 조성됐다. 정부는 5·18민주화운동을 국가기념일로 정했고 오늘 기념식엔 처음으로 대통령이 참석, 김대중 대통령이 기념사를 했다. 여야 정치지도자 그리고 가해자 입장이었던 군장성들도 참배 행렬에 함께 할 정도가 됐다. 여야는 민주유공자법을 만들자는 데 공감하고 있다. 세계적인 인권지도자들도 속속 광주에 들어와 묘역 참배에 나서며 '5월 영웅들'의 숭고한 죽음을 추모하고 있다. 이들은 마침내 17일 "광주정신은 새 천년 세계 인류의 민주주의와 인권의 보편적 이념"이라는 광주선언을 발표했다. 그리고 학자와 사관들은 앞다퉈 5·18 역사의 제 자리를 찾는 데 동참하고 있다.

박호성 서강대 정치학 교수는 "동학농민운동과 유사한 사건"이라고 '광주의 5·18운동'을 규정했다. 그는 "동학혁명이 지배계급에 의한 갑신정변이라는 개혁이 실패한 뒤 부패와 학정의 최대 희생자인 농민들이 무장 투쟁을 했듯 광주에서도 10·26 이후 민주화의 기대가 신군부에 의해 무산되자 민초들이 봉기한 것"(중앙일보 5월15일자 보도)이라고 해석한 것이다.

그랬다. 80년 광주의 5월, 그 무렵 지식인들은 비겁자일 뿐이었다.
마지막까지 도청을 지키다 '5월의 꽃'으로 승화된,
그리고 투쟁 기간 동안 목숨을 버린 영웅들은 대부분
하층민들이었거나 '젊은 사자(獅子)'들이었다.
지식인들은 목숨을 부지한 것을 뒤늦게 참회하면서
민주화와 반독재 투쟁의 대열에 참여했던 것 아니었던가.
그 암울했던 80년대를 거치면서 광주의 민주화

운동은 대학생들에게서 노동자·농민·빈민층으로까지 확산됐고 급기야는 중산층과 지식인들도 동참하게 됐다. 그 결과가 바로 직선제 개헌을 열망했던 87년 6월항쟁이었고 마침내 집권 세력이 무릎을 꿇고 '6·29선언'을 통해 국민들의 민주화 열망을 받아들이게 되지 않았던가. 하여 "80년에 실패한 5·18이 87년에 결실을 맺었다."는 평가를 받게 됐던 것이다.

그 맥락에서 김영삼 정권은 군부의 사조직을 뿌리뽑을 수 있었고 12·12쿠데타 주역들을 역사의 이름으로 단죄, '성공한 쿠데타'도 처벌할 수 있었던 것이다. 그뿐만 아니다. 어렵게만 여겨졌던 김대중 대통령의 탄생으로 정부 수립 이후 처음으로 호남 정권이 들어서는 기쁨을 우리는 누릴 수 있었던 것이다. '80년 5월'은 그처럼 90년대 들어서서야 새로운 평가를 받기 시작했던 것이다.

그리고 그들의 투쟁은 인권의 중요성을 새삼스럽게 세계인들의 가슴에 각인시켰고 인권과 민주주의는 결국 투쟁을 통해 쟁취된다는 메시지를 전파했던 것이다. 하여 그 같은 운동은 먼저 아시아 주변 국가들에 영향을 미치게 됐다. 조지 카치 아피카스 미국 웬트워스대 정치학 교수는 "광주 5·18은 투쟁의 상징이었다. 80년대 후반 들어 필리핀·대만·미얀마 등 한국 주변 국가들은 반란과 봉기의 물결로 휩싸이게 됐다. 광주항쟁은 동아시아 민주화의 고정점(固定點)인 것이다."고 평가를 했다.

치유되지 않은 傷痕

그러나 국가기념일로 지정됐고 민주유공자법이 추진된다 해도 그 상흔이 다 아무는 것은 아니다. 아직도 유족들이나 부상당한 당사자들은 그날의 악몽에서 채 깨어나지 못하고 그 언저리를 아프게 헤매고 있는 현실도 존재하고 있다.

당시의 구타나 수형 생활로 인해 정신 질환을 앓고 있는 이가 120여 명이나 되며 이들은 사회에 적응치 못하고 치료를 받고 있다. 또 피해자 중 절반 정도는 20년이 지난 현재도 '감옥' '고문' '구타' 등의 악몽에 시달리고 있다 하니 그들의 육체적 정신적 고통은 어떻게 치유하고 보상해야 될까. 그들의 고통을 나의 것으로 삼으며 이 땅에 다시는 독재의 씨앗이 잉태되지 않도록 민주주의 발전에 헌신하는 것이 살아남은 우리들의 몫이라 하겠다.

2000. 05. 18.

감동 드라마

역사적이라 했다. 2000년 6월 13일 오전 10시 30분 평양 순안공항. 김대중 대통령이 탄, '대한민국'이란 글씨도 선명한 대통령 전용기가 멎자 김정일 북한 국방위원장이 모습을 드러냈다. 이윽고 트랩을 내려선 김 대통령과 김 위원장, 두 지도자가 서로의 두 손을 마주잡았다. TV 생중계로 이 장면을 지켜 본 순간 뜨거운 것이 가슴 저 밑바닥에서 치솟아오름을 억제할 수 없었다. 그것은 끊겼던 민족의 핏줄이 이어짐으로 받아들여졌고, 55년 간 그 피말리던 냉전 종식의 서곡으로 느껴졌던 때문이었다.

가슴 뿌듯한 감격과 환희, 그것이 어찌 나 혼자만의 기쁨일 것인가. 7천만 우리 민족 모두 그 같은 가슴 저린 감격에 빠-져들지 않았겠는가. 그리고 마침내 2박 3일의 '만남'에서 자주적 통일과 8·15이산가족상봉이란 5대 원칙에 합의한 결과를 세계에 내놓았다.

분단의 벽 허물어진 셈

김 대통령은 도착하자마자 '적대적 관계'인 인민군 육해공군 의장대를 사열했다. 바로 50년 전 6·25전쟁으로 총부리를 우리에게 겨눴던 그 군대를 대한민국 대통령의 자격으로 사열한 것이다. 역사는 그렇게 변하는 것이리라.

대통령 전용기가 서울 공항에서 직항로를 따라 평양 순안공항에 착륙한 순간 55년 간 철벽으로 굳어 있던 그 비극적인 분단의 장벽은 이미 허물어졌다고 할 수 있잖겠는가. 두 지도자의 굳은 악수, 60만 평양 시민들의 열렬한 환영이 바로 그 허물어짐을 담보하는 모습 아니던가.

김정일 국방위원장. 그는 이번에 세계를 향해 또 한 편의 감동적인 드라마를 선물하면서 그의 음습했던 이미지를 깨끗이 씻어내고 화려하게 국제 무대에 모습을 드러낸 효과를 얻었다. 당당한 모습, 거침없는 발언, 그리고 동방예의지국을 강조함으로써 안정된 지도자의 면모와 함께 한 민족의 핏줄임을 깨닫게 했다. 그의 발언을 보면 그도 우리와 같은 배달 민족의 후예임에 틀림없다는 느낌을 갖기에 충분했다. "내일부터는 격식 없는 대화를 합시다.…동방예의지국의 예를 다 갖춰 편안하고 안전하게 모시겠습니다.…자랑을 앞세우지 않고 섭섭지 않게 해드리겠습니다." "장관들도 김 대통령과 동참해 힘든, 두려운, 무서운 길을 오셨습니다. 하지만 공산주의자도 도덕이 있고 우리는 같은 조선 민족입니다."

그랬다. 그는 '병들고 허약한 지도자'가 아닌 것으로 비쳐졌다. 때문에 우리는 그와 더불어 김 대통령이 다짐한 것처럼 '민족의 새 역사'를 만들어 가야 하는 역사의 소명(召命)의식을 나눠가져야 한다. 우리나라

통일의 과업을 이루는 동반자라는 의미다.

우리는 이제 지난 55년 간의 반목과 상흔(傷痕)은 역사의 장으로 묻고 새롭게 시작해야 된다. 민족상잔의 그 비극적인 상처는 역사의 반면교사로 치부하고서 7천만 겨레의 소망을 담은 새로운 역사를 만들자는 것이다. 우리는 두 지도자의 힘찬 악수, 평양 시민들의 열렬한 환영을 통해서 북한 주민들의 의지를 읽을 수 있었다. 그리고 며칠 전 서울을 방문했던 평양학생소년예술단원·평양교예단원들을 동포의 정으로 환영했던 서울 시민들의 모습에서 우리는 통일에의 갈망을 엿볼 수 있었다. 남북 두 지역 주민들의 그 같은 열망이 바로 통일을 위한 새로운 역사를 만들어 가자는 의미 아니던가. 때문에 이미 우리는 그러한 역사를 만드는 큰 걸음을 떼어 놓은 셈이다.

이미 두 지도자는 첫날 만남에서 남북 정상간의 '핫라인'을 설치키로 했다. 그리고 14일 두 지도자는 통일 문제의 자주적 해결을 다짐하고 오는 8·15에 즈음하여 이산 가족들이 친척을 방문할 수 있도록 하며 경협을 통해 민족 경제의 균형을 도모하는 한편, 사회 문화 체육 보건 환경 등 모든 분야에서 협력을 활성화하기로 했다. 두 정상은 이 같은 4개항의 합의 사항을 조속히 실천하기 위해 빠른 시일 안에 당국 사이의 대화를 개최하기로 했다. 이로써 한반도의 평화와 통일을 위한 초석은 깔린 셈이 됐다. 남북 두 정상은 역사적인 5대 원칙에 서명함으로써 우리 민족에게 통일을 위한 값진 축복의 선물을 주었다 하겠다. 하여 이제 우리는 전쟁 없는 삶, 평화적인 공존을 통해 55년 간의 이질(異質)적인 삶의 때를 서서히 씻어내면서 자연스럽게 하나의 나라로 합해지는 길로 나아가야 한다.

상호 신뢰감 구축을

우리는 통일을 위한 첫 걸음을 내딛었기에 서로 신뢰감을 쌓으면서 하나 하나 실천해 나가야 된다. 실천이 담보되지 않은 합의는 아무 의미가 없는 까닭이다. 때문에 단 한번의 만남으로 역사적 산물(産物)을 만들어 냈다는 데 들뜨지 말고 남북 모두 신뢰감을 바탕으로 민족의 염원인 통일을 향해 착실하게 합의 정신을 지켜나가자. 우리 국민들도 차분하고 냉정하게 통일로 가는 길에 한 조각의 기초석을 쌓는다는 마음가짐으로 남북 합의 사항의 실천을 지켜보자.

2000. 06. 15.

50년 만의 만남

3박 4일의 짧은 만남, 그리고 기약 없는 이별. 50여 년 만의 해후(邂逅)는 그렇게 일단 마침표를 찍었다. 첫 만남에서 터진 통곡, 이어진 망각(忘却)의 세월(歲月) 이야기로 분단 50여 년의 간격이 좁혀졌나 여겨지는 순간 남북 이산 가족들은 또 그렇게 기약 없는 이별로 서러운 눈물을 삼켜야 했다. 고령과 병마에 시달리고 있는 부모요, 남편과 아내이기에 생전에 다시 보기는 어려우리라는 처절한 심정을 안고 그들은 떨어지지 않는 발길을 남과 북으로 다시 돌려야 했다.

짧은 만남, 기약 없는 이별

지난 15일 광복절부터 시작된 3박 4일의 남북 이산 가족 상봉은 7천만 겨레의 심금을 울렸다. 분단 후 처음으로 북한 국적 고려항공기가 김포 공항에 북측 가족을 싣고 오고 우리측 가족을 평양에 날랐다는 감격은 남과 북에서 동시에 이뤄진 가족 상봉의 울음에 묻혀지고 말았다. TV 중계를 지켜본 사람들은 50여 년 동안의 회한(悔恨)

을 통곡으로 풀어내는 저들의 울음에 함께 눈시울을 적셔야 했다.

노환으로 말하지도 듣지도 못하는 91세의 아버지에게 큰절을 올리며 오열하던 북의 아들 임재혁(66) 씨, 앰뷸런스에 실려와 북의 아들을 만난 뒤 끝내 실신하고 만 정선화(94) 할머니, 남에서 올라온 남편을 붙잡고 "그동안 속절없이 살았시오. 우린 이제 어찌합니까."라며 울부짖은 북의 아내 오상현(77) 씨의 한 맺힌 몸부림, 50년 동안 서로 수절하면서 살다가 만난 남편 이몽섭(75) 씨와 북의 아내 김숙자(78) 씨의 넋을 잃은 표정, 그러한 사연들이 눈시울을 젖게 했던 3박 4일의 상봉이었다.

우리는 그들이 반세기 전의 고향 마을과 어린 시절로 되돌아가 지난 세월 동안 기억 저편 망각의 세상에 묻어 두었던 인연의 끈을 잇는 모습에서 분단의 아픔을 읽어야 했다. 그리고 가족과 함께 했던 3박 4일의 꿈같은 시간을 다시 기억 속에 묻고 눈물로 헤어지는 저들의 처연(悽然)한 심정을 느낄 수 있었다. 아니, 그것은 고문처럼 우리의 가슴을 찌르는 통증이었다.

누가, 무엇이 이들의 가슴에 지워도 지워지지 않는 깊은 상처를 냈던가. 남과 북, 모두 이데올로기의 희생자가 아니었던가. 자본주의와 공산주의란 두 개의 이념이 첨예하게 대립했던 한반도. 두 그룹으로 나눠졌던 주변 강대국의 이해 관계가 맞물리면서 남북의 동포들은 희생물이 됐던 것 아니던가. 이제 지난 50여 년 동안 우리 겨레의 족쇄가 됐던 공산주의란 이데올로기는 20세기의 유물이 돼 역사의 뒤안길로 사라졌다. 그 종주국이던 소련도 몇 개의 나라로 분리된 채 공산주의란 유물을 던져 버렸고 중국도 자본주의의 경제를 활용하면서 서서히 껍질을 벗고 있다.

때문에 지구상의 유일한 분단국인 한반도의 북쪽도 이제 공산주의의 낡은 탈을 벗고 세계로 눈을 돌리길 희망한다. 그것은 700만 이산 가족들에게 50여 년 동안 고통을 준 역사에 대한 속죄의 방법이기도 하다.

김정일 국방위원장이 지난번 남측 언론사 사장들을 만나서 "통일은 내 마음먹을 탓"이라 했던 말에 함축된 의미를 떠올려 본다. 남북 두 정상은 이미 6·15남북공동선언을 통해 '자주 평화 통일'을 천명했다. 따라서 남북은 이 선언에 충실해야 된다. 그리고 남측의 연합제안과 북측의 낮은 단계 연방제안을 택하더라도 국민이 주인으로서 주권을 행사하고 국민의 기본권이 보장되는 그러한 체제로의 평화 통일이 돼야 한다. 지도자 한 사람의 명령이 절대권을 지닌 북의 체제인 탓에 '마음먹을 탓'이라 한 그의 말뜻을 긍정적으로 받아들이면서 '자유민주체제의 통일'을 기대해 보는 것이다.

贖罪는 이산 고통 더는 것

우리는 이러한 통일의 초석을 다지기 위해서라도 남북화해의 터전을 좀더 넓혀야 한다. 우선 이산가족 면회소를 상설로 운영하자. 가족들을 만난 후 다시 헤어져야 했던 저들의 모습은 결코 휴먼 드라마(human drama)일 수 없다. 그것은 연극도, 극적인 사건도 아니다. 실존(實存)의 문제이며 삶, 그 자체인 것이다. 그들의 삶에서 고통의 족쇄를 벗겨주자는 것이다. 그리고 이산 가족의 숫자가 700만 명이라 하지 않던가. 그들에게도 가족 상봉의 즐거움을 안겨 주어야 된다. 그것은 우리 선대(先代)가 지었던 죗값을 보상해 주는 길이다. 면회소 설치·송금·서신 왕래·

고향 방문에 이어 인생의 황혼기에 접어든 저들이 여생을 보낼 곳을 자유로이 선택할 수 있어야 한다. 그래야 남북 모두 반세기 동안 몸에 밴 이질적 문화를 동화시킬 수 있다.

북녘엔 자신의 의사에 반해 납북된 사람들이 450여 명이나 살고 있다 한다. 그들도 하루속히 가족들과 상봉토록 해야 한다. 웃음을 잃은 채 멍든 가슴을 안고 찌든 삶을 이어가고 있는 가족들의 고통을 북의 지도자들은 자신의 것으로 새겨야 된다.

그 같은 바람이 하나하나 이뤄질 때 그것은 바로 통일의 믿음직한 초석이 되고 면죄부(免罪符)가 될 것이다.

2000. 08. 18.

주먹구구식 세제 개편

정부가 내년도 세제(稅制) 개편안을 마련해 발표했다. 개편안의 핵심은 2003년 균형 재정 달성을 목표로 세수(稅收)기반 확대와 중산·서민층 세금 경감, 기업 경쟁력 강화 지원 등 세 가지로 요약된다.

재경부는 내년에 에너지세 개편과 세금 감면(減免) 제도 조정을 통해 7조 5천억 원의 재원을 마련해 중산층 세금 부담 감소와 기업 경쟁력 지원 용도로 쓸 예정이다.

그러나 정부는 사상 처음으로 100조 원이 넘는 101조 원으로 새해 예산안을 편성함으로써 국민들의 세부담이 더 늘어나게 된 데다 에너지세 대폭 인상과 교육세 부담 등으로 '서민 부담을 외면한 세제 개편'이란 평을 듣고 있다. 중산층이나 서민들을 위하려면 간접세보다는 직접세 비중을 높여야 되는데도 이번 개편안에서는 간접세 부문인 에너지세·담배세 등을 인상한 탓이다.

늘어난 서민 부담

흔히 과세의 형평성을 논할 때 수직적 공평 과세와 수평적 공평 과세를 든다. 수직적 공평 과세는 고소득층의 과세 구조 조정을 통해 공평 과세를 이루기 위한 것으로 금융 종합 과세가 이의 실현 방법 중 하나라 하겠다. 수평적 공평 과세는 같은 처지에 있는 사람에게 동일한 세금을 부과하는 것을 뜻한다. 따라서 고소득층이 더 많은 세금을 부담해야 되나 이번 세제 개편안에는 그 같은 부문이 부족한 느낌이다.

미국 등 선진국은 세금 가운데 간접세보다 직접세가 차지하는 비율이 더 높다. 우리나라의 경우 국세통계연보에 따르면 2000년 직접세와 간접세 비율이 53% 대 47%를 나타내고 있다.

98년을 기점으로 직접세에 의존하는 비율이 늘어난 것으로 집계됐지만 미국이나 일본에는 미치지 못하는 실정이다. 미국의 경우 직접세는 92.5%, 간접세는 7.5%여서 국세의 대부분을 직접세에 의존하고 있음을 알 수 있다. 일본도 직접세가 57.2%를 차지한 반면 간접세는 42.8%를 나타내고 있다.

우리나라의 경우 직접세에 해당되는 것은 소득세, 법인세, 상속세 및 증여세, 자산재평가세, 부당이득세 등으로 소득과 재산세가 주대상이다. 간접세는 부가가치세, 특별소비세, 주세(酒稅), 전화세, 인지세, 증권거래세 등으로 구성돼 있다. 따라서 고소득층·부유층을 대상으로 과세를 하려면 바로 이 같은 직접세에 관련된 세제 개편이 따라야 된다는 것이다.

그러나 이번 세제 개편안은 직접세 개편이 미흡한 실정이라 아니할 수 없다. 세제를 통해 소득 재분배, 특히 외환 위기 이후 소득 격차가 심화된 상태에서 서민층을 보호하는 조치가 이뤄졌어야 되는데도 이를 소홀히 했다는 지적을 면할 수 없다. 재산세 등 앞서 열거한 직접세 비중을 늘리는 데 관심을 기울여야 했지만 그렇지 못했음을 뜻한다.

간접세 부문인 액화천연가스(LPG)나 경유(輕油) 등은 부자나 가난한 자나 같은 양을 살 때 동일한 값을 내며, 특히 서민들이 많이 쓰는 에너지인데도 세율을 크게 높여 5조 1천억원이나 더 거두어들이도록 안을 마련했다. 이는 정부가 새로운 재원으로 마련키로 한 7조 5천억 원의 대부분을 차지하는 금액이다. 간접세인 담배도 한 갑당 1천 원짜리는 1천133원이 돼 133원 정도 세금이 오르게 된다.

수직적 공평 과세 실현을

국민 연금·공무원 연금 등 각종 연금의 경우 불입액에 대해 2001년에는 불입액의 절반을, 2002년부터는 불입액 전액을 소득세 계산 때 공제받도록 했다. 그러나 연금 소득 수입에 대해 지금까지는 세금을 내지 않았으나 내년부터는 단계적으로 세금을 내야 된다. 이는 결국 조삼모사(朝三暮四)라 아니 할 수 없으며 결국은 연금 수령자의 세부담이 늘 수밖에 없다 하겠다.

이번 세제 개편안은 이 같은 이유 때문에 수직적 공평과세의 실현 의지를 담았다기보다는 정부의 징세 편의주의 발상이 아직도 근절되지 않고 있음을 드러냈다 하겠다. 그것은 올해 조세 수입이 목표보다 10조 원이나 더 늘어날 것으로 예상된다는 데서 잘 나타나고 있다.

　세수 추계는 주먹구구식이어서는 안 된다. 재정은 방만하게 운영해서는 안 되며 세금을 쉽게 거두어들이는 세제 개편 발상도 사라져야 된다. 이미 민주당에서조차 이번 세제 개편안에 문제점을 제기하고 있는 만큼 서민들의 피부에 와 닿는, 합리적인 방안으로 세제 개편이 이뤄지길 바란다.

2000. 09. 08.

政策 國監은 요원한가

드디어 국회의 새 천년 첫 정기 국정 감사가 시작된다. 오랫 동안 문을 닫아 둬 거미줄이라도 쳐졌을 것 같은 국회가 여·야 영수회담을 갖던 9일 열렸다. 그리고 지난해보다 20여 일 늦은 오는 19일부터 11월 7일까지 국정 감사를 한다는 일정을 마련했다. 지난해는 9월 29일에 시작해 10월 18일에 마무리 지었던 게 올해는 정치권의 정쟁(政爭)으로 허송세월 하다가 '지각국감'을 하게 된 것이다.

정책 국감 뿌리내려야

국정 감사는 국민을 대표하는 국회의원들이 행정 전반을 감사하는 제도다. 행정부가 제대로 업무를 추진했는지 여부를 따져 보고 불합리한 점이 있으면 이를 제도적으로 개선하는 방안을 모색하는 게 주목적이다. 말하자면 '정책 국감(政策國監)'이어야 한다.

그러나 우리의 역대 국감은 그 같은 목적에 충실하지 못했다. '정치공방', '중복질의', '한건주의 폭로'가 국감의 대명사가 됐었다. 이제 새 천년 첫 해에 실시되는 16대 국회의 첫 국정 감사에서는 그 같은 구태(舊態)를 버리고 새로운 모델을 정착시켜야 된다. 그런 당위성을 16대 국회의 선량들은 책무로 받아들이며 이번 국감에 나서야 한다.

그럼에도 불구하고 지금 여의도 국회의사당 주변은 여전히 과거의 바람직하지 못한 모습들이 나돌고 있다는 서글픈 보도다. 11일자 전남일보는 "재벌 기업, 은행 등 국감 유관 기관들이 감사 대상 기관·증인·참고인 등으로 선정되지 않도록 해 달라고 국회의원을 상대로 치열한 로비를 하고 있다."고 보도했다. 공적 자금이 투입된 은행이나 기업, 사주가 거론되리라 예상되는 기업들이 읍소 작전을 펴고 있다는 것이다. 이들은 민감한 자료 제출을 제외해 달라 하거나 향응을 제공하겠다며 접근한다고 한다. 이 같은 '구태의연한 로비'가 계속되자 일부 의원들은 이해 당사자의 의원회관 출입을 금지시키고 있다는 내용도 보도됐다.

이처럼 로비 구태가 여전한 것은, 물론 16대 국회가 국민의 기대에 부응하지 못한 채 '구태 정치'를 답습한데 따른 부정적 모습이라 하겠다. 애초부터 새로운 모습을 보였더라면 반 개혁적 로비도 명함을 내밀지 못했을 것이라는 의미다.

예년의 국감은 어떠했던가. 정책 국감은 뒷전으로 밀리고 실정 폭로라는 미명으로 한 건의 폭로주의가 판을 쳤고 이에 대응해 여당의 정부 감싸기, 그리고 이미 다른 의원이 질의했던 내용을 중언부언하며 언론 플레이를 하지 않았던가.

국감이 치밀한 준비 속에 부질없는 정치 공방을 삼가고 정책을 따지며 대안(代案)을 제시하는 실속 있는 내용으로 진행돼야 하는데도 우리의 두 당(党)은 '분권형 대통령제 개헌 발의'에 합의함으로써 본격적인 대선 공조 체제를 가동키로 했고, 정 대표가 공동선대위 명예위원장을 맡기로 하는 등 모두가 승자(勝者)가 되는 모습을 보여주었다.

물론 아직도 우리의 정치인들 중엔 눈살을 찌푸리게 하는 사람들도 없지 않다. 민주당의 사무총장을 역임했거나 김대중 정부에서 장관을 지냈던 정치인마저 한나라당으로 옮겨간 때문이다. 최소한의 정치적 명분이나 인간적인 도리마저 팽개쳐버린 듯한 이들에게 차라리 연민의 정을 느낀다.

이들의 여반장(如反掌)하듯 소신을 뒤집는 행태에서 문득 박정희 대통령 시절 신민당 소속 성낙현(成樂鉉), 조흥만(曺興萬), 연주흠(延周欽) 의원 등 3명이 변절함으로써 박대통령의 영구 집권의 길을 열어 주었던 지난날의 배반의 정치사가 떠올라 씁쓸한 기분을 지울 수 없다. 공화당 의원 숫자만으로는 3선 개헌안 통과가 어렵자 여권은 야당인 이들을 회유해 찬성토록함으로써 69년 9월14일 국회에서 날치기로 이 안(案)을 처리했던 것이다.

20대 유권자 책임 막중

후보 단일화를 이룬 멋진 정치인들과 변절을 밥먹듯 하는 정치인들의 상반된 모습을 보면서 이들을 심판하고 정치 개혁을 이루는 것은 결국 유권자들의 몫임을 절실하게 느꼈다. 지난 70년대 우리 사회의 캐치프레이즈는 '잘 살아 보세.'였다. 이를 바탕으로 하여 우리는 경제 성장을 이룩하면서 OECD(경제개발협력기구)에 가입하는 국력의 신장을 이루었

하고 의원들의 활동을 감시하기로 했다.

이제 국감의 주사위는 던져진 셈이다. 이번 국감에서 선량들은 앞서 지적했던 낡은 자태를 벗어버리고 새 천년에 걸맞은 국감의 모델을 만들어야 된다. 정책 국감을 통해, 그리하여 불신과 시민 단체의 감시라는 굴레를 벗는 국감을 정착시키길 바란다.

2000. 10. 13.

중국 西湖의 교훈

　해남(海南) 화원관광단지 기공식이 지난주 현지에서 열렸다는 보도에 감개무량함을 느꼈다. 사업비 타령을 하면서 지난 10여 년 동안 표류해 왔던 사업이 시작된 때문이다. 한국관광공사가 사업 주체인 이 사업은 금년부터 2009년까지 민간 자본을 포함 모두 9천 454억 원이 소요되는 것으로 알려졌다.

관광은 21C 핵심 산업

　대통령 공약 사업이기도 한 화원관광단지는 육지와 바다를 아울러 154만 평의 규모에 해양 문화 센터, 씨월드, 민속촌, 동·식물원, 조각 공원, 야외 공연장, 휴양 병원, 야영장과 해수욕장 등 매머드 위락·휴양·체육 시설이 들어서게 된다. 물론 관광호텔 등 숙박 시설과 복합 상가도 조성된다. 화원관광단지가 제대로 완공되면 이곳은 21세기 관광전남의 메카로 자리잡게 되는 셈이라 하겠다.

　흔히 21세기는 관광 산업, 전자통신 산업, 식품 산업의 '3대 산업 시대'라 일컬어진다. 특히 관광 산업은 공해가 없는 굴뚝 없는 산업으로 세계무역기구(WTO)의 무역 보복과도 상관이 없는, 그야말로 무한 경쟁 산업인 것이다.

농업 경쟁력이 갈수록 취약해지는 농도 전남이야말로 이제 농사에 얽매이지 말고 관광 산업에 좀더 관심을 기울여야 될 필요가 절실해지고 있는 이때 화원관광단지 기공식은 하나의 복음(福音)이나 다를 바 없다 하겠다.

나는 이번 화원관광단지 기공식 소식을 접하면서 문득 몇주 전의 중국 여행을 떠올렸다. 본보와 자매결연 신문사인 중국 절강일보의 초청으로 지난 10월 중순 7박8일 동안 항주(杭州), 상해(上海), 북경(北京)을 방문하면서 그 지역의 관광지에서 감명을 받았던 때문이다. 특히 항주의 서호(西湖)는 관광 자원의 보존과 환경 보호와 관련, 많은 교훈을 안겨 주었다.

항주는 '하늘에는 천당이 있고 땅에는 소주(蘇州)와 항주가 있다(上有天堂 下有蘇杭)'고 전할 만큼 경관이 뛰어난 도시다. 이 항주의 대표적인 관광지가 서호다. 서호는 월(越)나라의 절세가인(絶世佳人) 서시(西施)에 비유될 만큼 경관이 빼어난 호수다. 월나라 왕 구천이 오(吳)나라에 패한 후 오왕 부차에게 서시를 바치는 미인계를 쓰고 자신은 섶에서 잠을 자며 쓴 쓸개를 씹는, 와신상담(臥薪嘗膽) 끝에 통쾌한 복수전을 펼친다는 고사(古事)에 등장하는 그 서시의 미모에 비견되는 관광지인 것이다.

서호는 천연 호수다. 3면이 산으로 둘러싸여 있으며 남북의 길이 3,300

m, 동서 2,800m, 둘레가 15㎞나 되는 거대한 호수다. 평균 수심이 1.8m 고 깊은 곳은 2.8m나 된다. 호수를 둘로 가르며 푸른 비단처럼 이어진 2 개의 제방은 백제(白堤)와 소제(蘇堤)라 부른다. 백제는 당나라 시인 백 거이를 기념하기 위한 것이고 소제는 고대 북송의 문인 소동파(蘇東坡) 를 기리기 위한 것이라 한다. 백제는 길이가 1㎞이고 소제는 2.8㎞나 된 다. 특히 소제는 소동파가 1089년 항주지사 시절 2년 동안 20만 명을 동 원하여 쌓았다 한다. 중국의 문인 협객들은 바로 이 제방 위를 거닐며 드 넓은 서호의 짙푸른 물결과 주변의 풍광에 취해 도도히 시문(詩文)을 나 누며 한 세월을 보냈던 것이리라. 그들이 읊은 시에 "서호의 물은 아름다 워 개인 날도 좋을시구, 산색(山色)이 수려하니 비가 와도 기이하다. 서 호를 서시에 비기니 언제 봐도 이쁘도다."라는 구절도 있다.

서호에는 유람선이 운행된다. 쪽배와 소형, 대형 유람선에 관광객들을 싣고 호수 위를 미끄러지듯 달린다. 우리 일행도 유람선에 몸을 실었다. 초가을 호수 바람이 머리카락을 간질인다. 세상살이, 온갖 상념(想念)을 떨쳐버리고 물살을 가르는 유람선에 몸을 맡기고 주변의 풍광에 취해본 다. 무아지경(無我之境). 앞산에 서시 같은 여인의 모습이 언뜻 떠올랐 다가 사라지는 환각을 맛보는 순간 유람선은 건너편 둑에 다다랐다.

관광 자원 보호에 감탄

내가 감탄한 것은 주변 경관만은 아니었다. 호수엔 그 많은 유람선이 떠다니건만 물은 맑디 맑았다. 유람선에서 흘리는 기름이 떠다닐 법 하 지만 그러한 흔적을 찾을 수 없었다. 본디 이 호수의 물이 이토록 맑았던 것은 아니었단다. 10년 전부터 전단강에서 물을 끌어 들여 한 달에 두 번씩 호수물을 바꾸고 있기에 그토록 깨끗한 모습을 볼 수 있다는 것이다. 유람선의 연료도 기름 대신 모두 전기를 이용하고 있다. 환경 오염을 방지하기 위해서라는 설명이었다. 천혜의 관광 자원을 지키려는 중국 인민들과 정부의 노력이 가슴에 와 닿았다. 황폐해가는 산하(山河)와 쓰레기로 몸살을 앓는 우리의 관광지를 생각하며 나는 자신도 모르게 얼굴을 붉혀야 됐다.

　이제 우리 전남에도 화원관광단지 같은 명물이 들어서게 된다. 중국을 타산지석(他山之石)으로 여겨 우리의 소중한 관광 자원을 육성, 보호하는데 더 많은 관심과 투자를 해야 되리라. 나는 그러한 소중한 교훈을 간직하며, 짧은 중국의 여정(旅程)을 마무리 짓고 귀국하는 비행기에 올랐다.

2000. 12. 01.

2000년을 보내며

설렘 속에 맞았던 새 천년 첫 해도 이제 이틀밖에 남지 않았다. 장밋빛의 화사한 색깔로 출발했던 2000년. 그러나 연말이 돼 지나온 날을 되돌아보면 그야말로 다사다난(多事多難)한 한 해였고 IMF(국제통화기금) 체제 못지 않은 고통스러운 한 해로 기억될 따름이다.

김대중(金大中) 대통령은 1월 3일 신년사에서 "올해는 세계 일류 국가로 가는 원년(元年)이 될 것"이라고 선언했고 이에 화답이라도 하듯 정부는 3월 IMF 외환 위기와 경제 위기 극복을 선언했다. 바로 '4·13 총선'을 코앞에 둔 시점이었다. 그리고 4월10일 또다시 '남북정상회담 개최' 소식을 전했다. 마침내 6월 남북 정상이 평양 순안 공항에서 두 손을 마주 잡는 '기적 같은 감격'을 맛보았다. 남북이 해빙(解氷)무드에 젖어들고 추석을 맞아 남북 이산 가족들이 오가며 한반도를 눈물바다로 만들면서 통일의 열망을 고조시켰다.

그러나 이 같은 감동이 한반도를 휩쓸고 있는 동안 6월 20일 전면 파업으로 포문을 연 의료계의 의약 분업 반대 투쟁은 전공의, 의대생들의 진료 및 수업 거부로 연결되면서 140여 일 동안이나 계속돼 국민들을 불편하게 했다. 결국 정부는 초기에 적절한 대응에 실패함으로써 이후 각종 이익 집단의 시위로 이어지는 불행한 사태의 빌미를 주고 말았던 것이다.

정부의 외환 위기 극복 선언에 고무된 국민들은 여름 휴가와 추석 연휴엔 해외로 빠져나가기 바빴고 정부의 지원으로 벤처 기업이라 이름 붙인 기업들이 우후죽순(雨後竹筍)처럼 등장했다. 20대 젊은 벤처 기업인이 하루아침에 재벌의 반열에 오르는 '꿈 같은 성공담'이 지면을 장식하기도 했다.

그러나 우리는 하반기에 접어들면서 서서히 경제 위기의 국면으로 접어들었다. 7월 이후 반도체 값이 떨어지고 국제 유가가 급등하며 미국 경제의 경(硬)착륙이 우려되는 등 대외 여건이 악화됐다. 미국의 포드사는 대우자동차 인수를 포기했고 10월엔 현대건설이 1차 부도를 내고, 3일 뒤엔 대우자동차가 최종 부도처리되면서 '제2의 IMF 위기설'이 고개를 들었다.

주식 시장은 서서히 추락하기 시작했고 일부 벤처 기업은 '벤처 기업의 탈'을 쓴 채 대형 금융 사고를 내 수많은 서민들을 울리는 사기극의 주인공이 되기도 했다. '정현준 게이트' '진승현 게이트'란 이름으로 벤처 기업인의 명예에 먹칠을 했던 것이다. 덩달아 코스닥 시장도 비틀거리기 시작했다.

그동안 우리 경제가 건실하다고 큰소리치던 경제 관료들은, 김 대통령이 10월 들어 국민들에게 위기 상황을 인정하면서 함께 고개를 숙였다.

김대중 대통령의 노벨 평화상 수상이라는 호재(好材)에도 경기는 여전히 호전될 줄 몰랐다.

더군다나 집단 이기주의에 대한 미온적인 대처는 대규모 시위로 이어졌다. 농어가 부채 탕감을 주장하는 농어민들의 고속도로 점령, 구조 조정에 반대하는 공기업과 은행 노조의 집단 행동은 이면 계약설 속에 구조 조정의 발목을 잡았고 급기야 국민은행과 주택은행의 합병을 둘러싸고 두 은행의 노조원들이 파업을 강행함으로써 극심한 금융 혼란을 야기하면서 연말을 맞고 있다.

사실 우리의 경제 회복은 구조 개혁과 체질 개선을 통해서 이뤄낸 것이 아니었다. 110조 원에 이르는 공적 자금 투입과 1천억 달러가 넘는 단기 외국 자본 유입에 따른 일시적 회복이었다. 그런데도 정부는 총선을 의식해 샴페인을 앞장서 터뜨리는 어리석음을 저질렀고 4대 부문 개혁도 정치 논리가 개입되면서 지지부진한 모습을 보이며 결국 총체적 위기 상황에 몰리고만 셈이 됐다. 부실 기업주에 대한 처벌이 유명무실하고 공적 자금 8조 3천억 원이 투입됐지만 끝내 감자(減資)를 해야 된 한빛은행 등 6개 부실 은행도 누구 하나 책임지는 사람이 없을 정도다.

리더십을 상실한 정치권은 이 같은 위기에도 대권과 권력참여에만 관심을 둔 듯한 이전투구(泥田鬪狗)로 일관했다. 뒤늦게 여당은 '민심 이반의 심각성'을 깨닫고 당 대표와 주요 당직자를 대폭 교체했다. 김 대통령도 송년 기자 간담회에서 "많은 사람들이 주식 투자로 손해를 보고 가정이 파괴됐다는 보도에 정말 죄스러운 생각을 금할 수 없는 심정"이라고 자성(自省)을 하기도 했다. 그렇게 우리는 한 해를 보낸 것이다.

금융권과 공기업 구조 조정과 기업 퇴출로 인한 실업자 증가 등으로 내년엔 지난 IMF시절보다 더 혹독한 시련을 겪게 될 것이라는 우울한 전망이 나오고 있다. 그러나 우리는 다시 한번 각오를 새롭게 하여 이 시련을 견뎌 내야 된다. 여야 정치권은 집권욕에 앞서 난국 극복에 지혜를 모아야 된다. 정부는 과감한 법질서 확립으로 4대 부문의 개혁을 마무리해야 되며 기업가들도 사재(私財)를 출연하여 기업을 살리겠다는 각오를 다질 때 국민들은 또 한번 '금모으기' 같은 열정을 보일 것이다. 그래야 우리 경제가 다시 일어설 수 있다.

2000. 12. 29.

다시 무등산에 오르며

무등산. 광주시민, 아니 남도민에게는 어머니의 품과 같은 산이다. 안길 때마다 포근함이 물씬 느껴져 오는 산. 빈부귀천(貧富貴賤)을 가리지 않고 항상 잔잔한 미소로 그렇게 맞아주는, 모성애(母性愛)가 가득한 '빛고을 어머니의 산'.

새봄을 기다리며

20년 만의 폭설(暴雪)이라 했다. 연초, 강원도와 중부 지역에 퍼부었던 눈은 그처럼 큰눈(大雪)이었다. 뒤이어 우리 지역에도 많은 눈과 함께 수은주가 빙점(氷點) 이하로 곤두박질치는 추위가 몰아쳤다. 농작물과 가축 피해가 잇따랐고 바다에서 기르던 고기마저 얼어버려 많은 재산 피해를 안겨 주었다.

純白의 강추위가 준 교훈

한파(寒波). 그랬다. 광주 지역의 지난 15일 기온은 섭씨 영하 12.5도였다. 지난 90년 1월 25일과 타이 기록이니 11년 만의 혹독한 추위가 우리를 엄습했던 셈이다. 이날 순천(順天)지역은 섭씨 영하 16도로 지난 71년 6월 기상 관측을 시작한 이래 가장 낮은 기온을 나타냈다.

나는 이처럼 대설과 강추위가 몰아칠 무렵인 지난 주말과 월요일 광주 근교 산야(山野)에서 한때를 보냈다. 온 세상이 하얗게 물든 그 곳, 순백(純白)의 세상에서 상념(想念)의 나래를 펴며 잠시 나만의 시간을 가진 것이다. 아직 아무도 걷지 않은 그 길, 하얀 면사포를 쓴 신부처럼 눈에 덮인 그 길을 걸으면서 자연과 무언(無言)의 대화를 나눴다.

우리는 지구 온난화(溫暖化) 현상으로 해마다 겨울답지 않은 겨울을 보냈다. 삼한사온(三寒四溫)이란 전통적인 겨울 날씨는 옛날 이야기가 됐고 우리의 겨울은 그저 적당히 춥다가 어느새 봄에 밀려나곤 했던 것으로 기억될 정도였다. 때문에 올해도 그러리라 여겼건만, 정초(正初)부터 우리의 예상을 뒤엎고 말았다. 느닷없는 폭설과 살을 에는 추위에 서민들뿐 아니라 온 국민들이 당황하면서 새해를 맞게 된 셈이라고나 할까.

사실 겨울은 겨울다워야 한다. 내가 젊은 시절에만 해도 겨울하면 당연히 함박눈이 연상됐다. 수필가 김진섭 님의 '백설부(白雪賦)'에 나오듯 '눈 오는 날 아침엔 누구에게나 친절하게 하고 싶은 마음'이 되곤 했다. 그 만큼 그 시절의 눈은 낭만 그 자체였고 얼음을 지치려고 추운 겨울을 동경하곤 했었다. 어느 등산가는 겨울 눈 덮인 산을 좋아해 1년 내내 겨울이 오길 기다렸다는 에피소드도 있잖은가.

그러던 겨울이 요 근래는 본래의 기개(氣槪)를 잃어버리기나 하듯 '겨울 속의 봄날'을 맛보이더니만 요 며칠 사이 매서운 추위로 제 맛을 보여주고 말았다. 덩달아 준비가 덜된 우리들은 대자연의 위력 앞에 속절없이 무릎을 꿇고 만 셈이라 할까

교통난은 그렇다치고 비닐하우스가 무너지면서 과일과 꽃재배 농가들이 큰 타격을 받았다. 창고에 보관하던 배 같은 과일마저 얼었다고 한다. 밭에 그대로 두었던 배추도 냉해로 폐기 처분해야 됐고 심지어 신안

(新案) 지역 바다 양식장에서는 숭어·농어 수백만 마리가 떼죽음을 해 어민들의 재산 피해가 우리의 상상을 넘어설 정도였다 한다. 우리는 뜻하지 않은 겨울 재해(災害)로 피해를 입은 농어민들을 안타깝게 여기면서 이들에 대한 합당한 보상책이 마련되길 기대한다.

물론 겨울 혹한은 이처럼 우리에게 엄청난 피해를 안겨주었지만 또 다른 한편으로는 이로운 면도 없지 않다. 겨울 가뭄의 해소, 월동하는 농작물의 병충해를 없애주는 긍정적인 측면이 바로 그것이다. 옛말에 '눈이 많이 내리는 해에는 풍년 든다' 고 하지 않던가.

나는 산야의 눈길을 걸으며 잎을 떨군 채 겨울 바람에 앙상한 가지를 떨던 나무들이 햇빛을 받아 찬란하게 빛나는 눈꽃(雪花)을 피우고 있는 모습에서 새로운 희망을 떠올려 봤다. 푸른 색깔이 탈색된 것처럼 노랗게 말라 숨죽이며 눈 속에 납작하게 엎드려 있는 잔디들이 전해주는 메시지를 들을 수 있었다. 비록 이렇게 동장군(冬將軍)의 위세에 눌려 숨죽이고 있지만 그 뿌리는 단단한 대지(大地) 저 밑에 굳게 내리고 새봄, 싹 틔울 그날을 기다리며 인고(忍苦)의 삶을 살고 있다는 메시지를 ….

강인한 생명력 배워야

그렇다. 지금 우리는 저 추위보다 더 혹독한 '경제 한파(寒波)' 한가운데 서 있다. 공기업과 금융권의 구조 조정이 진행되고 있으며 우리의 체감 경기지수는 바닥을 기고 있다. 정부마저도 경제 회복은 하반기에나 가능하다 할 정도다. 그것도 지금 추진 중인 4대 부문 개혁이 제대로 이뤄져야 가능한 일이라 여겨진다. 경제 전문가들은 올 한 해를 슬기롭게 잘 넘겨야 한다고 경고한다. 그렇다 해서 절망만 할 필요는 없다.

눈(雪)을 이고 있는 나무가, 잔디가 강추위를 견디며 다소곳이 새봄을 기다리듯 우리도 이 경제 한파를 이겨내며 '경제의 새봄'을 맞을 채비를 하자. 아니 빙점하(氷點下)의 추위에 얼어죽지 않고 새봄에 잎과 꽃을 피우는 저 자연의 끈질긴 삶을 교훈으로 삼아 각박한 오늘을 넘기자. 오는 봄을 준비하는 자세로 온 국민이 자기 분수를 지키는 삶을 통해 어려움을 극복했으면 한다. 그러한 자라야 봄을, 여름을, 풍성한 결실의 계절, 가을을 맞을 수 있지 않겠는가.

2001. 01. 19.

젊은이들에게

　사각의 학사모, 가운 차림에 꽃다발을 안고 기념 촬영을 하고 있는 대학 졸업생들. 그들의 얼굴은 결코 환하지 않다. 졸업이 바로 실업이라는 뜻과 같은 의미로 전락해버린 요즈음, 대학 문을 나서는 것을 즐거워할 수만은 없기 때문이다.

　외환 위기를 넘겼다지만 올해도 최악의 구직난이란 우울한 뉴스가 지면(紙面)을 메우고 있을 따름이다. 실업자가 100만 명을 넘어섰고, 대학 졸업자는 3명 중 1명만 취업의 문을 뚫고 있다는 오늘의 현실이 저들의 어깨를 짓누르고 있는 셈이다. 1명을 뽑는데 1천 7백 명이 몰려든다 하지 않던가. 교육인적자원부는 취업률을 53%라 했다. 그러나 올해 국·공립, 사립대(전문대 포함) 45만 9천 9백 28명의 졸업생 중 진학 4%, 군입대 12%를 제외하면 52%가 일자리를 구하지 못한채 방황할 수밖에 없다는 계산이 나온다. 다만 전문대 22만 3천 4백 89명의 졸업생 가운데 72%가 취업이 가능하다는 데서 위안을 느껴야 하는 실정이라고나 할까.

卒業은 시작일 뿐

흔히 청운(青雲)의 큰 뜻을 품고 4년 동안 형설(螢雪)의 공을 쌓고 대학을 떠나는 것을 '그래쥬에이션(Graduation)' 이라 한다. 미국은 이를 '졸업' 이라 하고 영국은 '학위(學位) 수여식' 을 의미한다. 더러는 '커먼스먼트(Commencement)'라는 단어로 표현하기도 한다. 이는 '시작' 또는 '개시(開始)' 를 뜻하는 용어다. 다시 말해 대학 졸업이나 학위 수여식은 어느 과정이 끝난 것을 의미하기보다는 대학의 문을 나서 새로운 세계로의 출발을 상징하는 뜻이 담겨져 있는 것이다. 미지의 세계에 첫발을 딛는다는 것은 바로 다시 시작한다는 의미에 다름 아니다. 졸업생들을 떠나보내는 대학 총장들의 고사(告辭)가 '변화의 시대에 능동적으로 대응하자.' , '잠시도 쉬지 말고 배우고 익혀라.' , '끊임없이 자기 계발(啓發)에 힘써라.' 는 등으로 새로움에 대한 도전과 시작을 강조하고 있는 것도 그 때문이다.

지난 21일 충청대학 졸업식에 참석했던 김대중(金大中) 대통령도 "졸업을 기점으로 항상 자기에게 다가오는 도전에 대해 자신있게 응전(應戰)하는 자세와 각오를 잃지 말자. 변화하는 21세기에 앞서가기 위해서는 끊임없는 자기 계발만이 정답이요 정도(正道)"라고 격려했다. 김 대통령 스스로 좌절과 절망의 세월을 견디며 희망을 포기하지 않고 정의의 길을 걸어왔기에 역사의 승리자로서 오늘의 자리를 누릴 수 있었다는 메시지나 다름없는 치사였다.

그렇다. 졸업은 학문의 끝이 아니고 새로운 학문에 대한 도전이자 상큼한 출발이다. 우리 속담에 "시작이 반" 이라는 말이 있다. 또 독일의 시인 괴테는 "첫 단추를 잘못 끼우면 마지막 단추를 끼울 구멍이 없다."고 했다. 둘 다 첫 시작이 중요함을 일깨워주는 금언(金言)인 것이다.

비록 대학 문을 나서면서 곧바로 직장을 구하지 못했다고 좌절해서는 안 된다. 어둡고 황량한 사회가 늪처럼 그대들이 실족(失足)하기를 위협하며 기다리고 있다 해도 결코 그 유혹에 빠지거나 절망할 수만은 없다.

그것은 대학 졸업이 끝남이 아니고 새로운 학문·삶에 대한 시작인 때문이다. 다시 시작할진대, 취업이 한두 해 늦어진다 해서 세상의 종말이 온 것처럼 낙망할 필요가 어디 있을까. '뜻이 있는 곳에 길이 있다.'고 했다. '두드리면 열린다.'고 성경은 말하고 있지 않던가. 뜻도 세우지 않고, 두드리지도 않는다면 결코 길은 보이지 않을 것이며 그대들이 열망하는 찬란한 영광의 문은 열리지 않을 것이다. 역사는 꿈꾸는 자의 것이기에 그렇다.

끊임없는 努力을

그 꿈은 가슴속에 이글거리는 용광로에서 단련되는 것이어야 된다. 헛된 꿈, 망상(妄想)이 아니라 탐스런 열매를 맺는 그러한 이상(理想)이어야 한다. 때문에 우리의 젊은이들은 일시적 실업에 낙담하지 말고 희망찬 미래를 내 것으로 만들기 위해 다시 시작해야 한다. 덴마크의 철학자 키에르케고르는 '절망은 정신적인 자살 행위' 라 하지 않았던가. 절망을 뛰어 넘는 용기가 그 어느 때보다 절실한 게 바로 대학 문을 나서는 이 순간이라는 점을 깨달을 때 그대들의 졸업식은 영광으로 승화되리라 믿는다.

　21세기는 나노 기술(Nanotechnology)의 시대가 되며, 초고속 정보화 사회는 디지털 혁명, 지식기반 사회, 사이버스페이스, 네트웍 사회를 촉진하게 되리라 예견되고 있다. 분자(分子)크기의 기계를 만들고 분자 하나하나를 조종하여 물질의 구조를 제어한다는 나노 기술이 범람하는 세기에 들어선다는 의미다. 때문에 사회에 갓 들어선 젊은이들은 이 엄청난 새로운 세계에서 살아남기 위해 부단히 정진하지 않으면 안 된다. 실업(失業)의 고통에 무너지지 말고 그대들 앞에 펼쳐진 무궁한 지적(知的) 자양분을 충분히 섭취하는 기회로 삼아야 된다는 의미다.

　'심고 가꾸는 대로 거둔다.'는 것은 만고의 진리다. 정성껏 관리하면 풍성한 결실을 맛볼 것이고, 씨만 뿌리고 버려 둔다면 묵정밭이 되고 말 것이다. '손에 굳은살이 박힌 사람이 식탁의 제일 상좌에 앉아 따뜻한 밥을 먼저 먹을 수 있다.'고 톨스토이는 '바보 이반'이란 소설을 통해 우리를 깨우쳐 주고 있다.

　대학 문을 나서는 수많은 젊은이들은 겨울의 혹한(酷寒)을 견디고 꽃망울을 맺은 저 매화처럼 실업의 한파를 새로운 지식으로 무장한 채 이기고 취업의 탐스러운 꽃을 피우는 슬기를 안고서 가슴을 펴며 힘찬 첫걸음을 내딛길 바란다.

2001. 02. 27.

시험대 오른 聯合 內閣

새봄과 더불어 '국민의 정부'의 3당 연합 내각이 모습을 드러냈다. 민주당, 자민련에 민국당까지 가세(加勢)한 3당 정책 공조의 확보는 우리의 정당사(政黨史)에 새로운 의미를 부여해주는 것이라 할 수 있다.

공화당 시절을 비롯해 역대 정권은 '안정 의석(議席) 확보'를 '의원 빼오기' 또는 '합당(合黨)'의 방법으로 성취했으나 김대중(金大中) 대통령은 전혀 새로운 시도로 여대(與大)를 실현한 때문이다. 바로 당(黨)과 당(黨)의 연합을 이뤄 정책 공조의 기틀을 마련한 것이다. 때문에 나는 대통령 책임제 아래에서 성사된 이러한 방안이 결실을 맺길 바란다. 김대중 대통령이 우리 한민족 최초로 노벨 평화상을 받은 분답게 '남북통일의 초석을 다지고, 개혁에 성공한 대통령'으로 우리 국민들의 뇌리에 영원히 각인되길 희망한다.

이제 포용하는 정치 펴야

물론 이번 개각, 특히 '3당 연합'에 대해 야당은 극렬한 비난의 목소리를 내고 있다. 일부 시민 단체들도 탐탁지 않게 여기고 있다. 한나라당은 심지어 "대통령이 국민과의 전쟁을 선포한 것이냐.", "국민의 뜻과 정반대로만 가는 청개구리 정권" 등으로 매도하는 성명을 낼 정도다. 일부 시민 단체도 "개혁 요청을 외면한 나눠먹기식 내각", "개혁성도 국민적 합의도 찾아보기 힘든 내각"이라고 평가절하했다.

이 같은 야당의 주장이나 일부 시민 단체들의 주장에도 일리는 있다. 한나라당은 '내각 총사퇴'를 주장했던 터였다. 따라서 그들의 주장이 받아들여지지 않은 데다가 자민련과의 공조가 더욱 튼튼해졌고 이에 민국당까지 힘을 보태게 됐으니 분통이 터질 노릇일 수밖에 없으리라. 더군다나 민주당 등 3당에 의해 한나라당이 포위돼 고립되지 않겠느냐는 우려가 나올법하다. 그렇다 해도 그들이 "국민과의 전쟁을 선포한 것이냐."고 받아친 것은 너무한 표현이었다. 그것은 '한나라당의 주장이 곧 국민이 뜻'이라는 오만에서 비롯된 발상이라 여겨지는 까닭이다. 이번 개각이 그들의 주장과 다르다 해 '국민과의 전쟁' 운운하는 그러한 과장과 아전인수식(我田引水式) 발언이 바른 정치에 혐오감을 더해 주는 요인으로 작용하고 있음을 우리 정치권은 깨달아야 된다.

우리 정치권, 아니 여태까지의 여야 관행에 비춰보면 어떠한 인물이 기용되더라도 비난이 따랐으리라 여겨진다. 말로는 상생(相生)의 정치를 되뇌면서도, 여야 모두 다음해로 예정된 대선(大選)을 의식해 서로 뒷다리 걸기에 여념이 없었던 탓이다. 새 인물이 등용되면 '검증되지 않은 인사'라는 평이 따랐을 게 분명하지 않았을까.

그런 의미에서 나는 이번 개각이 '나눠먹기식'이니 '개혁성 없는 인

사기용'이니 하는 평에도 불구하고 '거국(擧國) 내각에 앞선 연합 내각', '국민에게 책임을 다하고자 하는 내각'이라는 또 다른 시각으로 봐 긍정적인 평가를 하고 싶다. 김대중 정권은 우리가 5년 임기 동안 이 나라를 통치해 달라고 권한과 책임을 맡긴 우리 국민들이 선택한 정권인 때문이다.

국민에 責任지는 內閣돼야

따라서 나는 김대중 대통령의 이번 개각에 대해 한편으로는 야당이 주장하는 언어에 함축된 뜻을 음미하여 가슴에 새기면서 또 다른 쪽으로는 새해 들어 그가 주장했던 것처럼 '강한 정부'로서 국민 생활의 안정과 개혁 마무리 작업에 박차를 가해 주길 바란다. 강한 정부가, 3당 연합이 단순히 '야당에 빼앗긴 정국 주도권 되찾기'에 그쳐서는 안된다. 그것은 국민들의 희망을 앗아가는 정치적 술수일 따름이다. 우리는 그 차원을 넘어 다수당의 아량이 소수로 전락한 야당을 포용하면서 대화와 타협의 도구로 사용되길 절실히 요망한다.

자민련에도 나는 더 많은 주문을 하고 싶다. 자민련이 이한동(李漢東) 총리를 포함해 5개 자리를 차지했다 해 그 자체에 만족해서는 안된다. 감투에 눈독들인 것처럼, 그러한 모습을 보이지 말라는 의미다. JP의 말처럼 국민의 정부가 유종지미(有終之美)를 거둘수 있도록 최선을 다하는 자세를 가져야 한다. 과실만 차지하고 책임은 지지 않는 듯한 모습은 결코 바람직하지 않다.

이번에 기용된 각료들을 포함해 유임된 장관들은 이 시대, 개혁을 완수해야 되는 21세기의 첫해 국정(國政)을 맡고 있다는 사명감의 화신으로 변해 몸바쳐 일해야 된다. 적당히 하다가 장관 역임했다는 경력이나 얻고 물러나면 되지 않겠느냐는 생각을 하고 있다면 그러한 인사는 참으로 국민을 욕보이는 자다. 대통령과 여당을 위한 악역(惡役)이 아니라 국민을 위한 충복(忠僕)이길 바란다. 대통령에게도 'No!' 라고 말할 수 있는 소신 있는 각료이었으면 한다.

때문에 나는 이번 개각이 야권의 비판에도 불구하고 국민의 정부의 마지막 개각이 돼 2년여 동안 혼신의 힘을 다해 국정을 꾸려나가 국민들에게 희망을 주는 내각이 되길 희망한다. 지금 우리 산야(山野)를 뒤덮고 있는 온갖 꽃들이 머지 않아 탐스러운 열매를 맺게 되듯 3 · 26 연합 내각도 활기찬 국정 운영의 꽃을 피워 국민의 기대에 부응하는 결실을 가져오길 희원(希願)한다.

2001. 03. 29.

'보스턴 勝戰報'가 준 희망

태극 마크 문양이 새겨진 머리띠, 더부룩한 턱수염이 트레이드 마크인 '봉달이' 이봉주(李鳳柱 · 31 · 삼성전자) 선수가 보스턴 마라톤을 제패했다. 약간 지친 듯했지만 결승 테이프를 끊는 순간 오른손을 번쩍 치켜든 이 선수의 모습은 우리의 피를 뜨겁게 달구었다.

'역경 극복한 인간 승리'

51년 만의 승전보(勝戰報)였다. 51회 대회인 47년 서윤복(육상연맹 고문), 54회인 50년 함기용(육상연맹 고문) 씨에 이어 우리나라 선수로서는 세 번째로 이봉주 선수가 안은 영광이었다. 세계 최고의 권위를 자랑하는, 105회째를 맞은 보스턴마라톤대회에서 이 선수가 월계관을 쓰고 우승컵에 입맞추는 순간 TV 중계를 지켜보던 국민들은 감격의 눈물을 흘렸다.

그렇다. 그것은 '인간 승리'이자 '마라톤 영웅의 신화(神話)'가 창조되는 순간이기도 했다.

이봉주. 그는 마라토너로서는 불리한 신체 조건을 지닌 사나이다. 오른발과 왼발의 길이가 다른 짝발에다, 평발에 가깝다. 그뿐이던가. 눈이 쌍꺼풀이 아니어서 땀이 눈 속으로 들어가는 불편도 겪어야 했다. 눈이 감기는 듯한 모습은 이 같은 고통을 덜기 위해 눈 수술을 한 때문이었다.

그런데도 그는 철인(鐵人)처럼 달렸다. 42.195km의 마라톤 풀코스를 공식 대회에서 25번이나 달렸다. 1천55km를 뛴 셈이다. 이 가운데 우승 8번, 준우승 6번을 한 반면 5위권 밖으로 처진 적도 11번이나 됐다. 그러나 그 어느 한번도 중도에 달리기를 멈춘 적은 없었다. 지난해 시드니 올림픽에서 넘어져 24위에 그쳤을 때도 그는 중도에 포기하지 않고 끝까지 달렸다.

그가 이번에 세운 기록은 2시간9분43초였다. 물론 우리나라 최고기록 보유자인 그 자신의 기록 2시간7분20초에는 미치지 못한 기록이다.

그러나 이번 보스턴 마라톤대회 우승은 우리 국민들에게 희망과 용기를 안겨주기에 충분했다. 국제통화기금(IMF) 체제 이후 또다시 닥쳐온 경제 불안 속에서 시름에 쌓여 있던 우리에게 새로운 각오를 다지는 계기가 된 때문이다. 끊임없는 정쟁(政爭)과 최근 대우 사태로 인한 갈등으로 국민들은 착잡한 마음을 금하지 못하고 있던 참이었다. 때문에 이 선수의 마라톤 우승은 그야말로 그 같은 국민들의 마음을 위로해 주고 감명을 준 청량제 구실을 한 셈이었다.

특히 99년 소속 팀과의 불화로 팀을 떠나 여관을 돌아다니며 떠돌이식 훈련을 하는 등 외로운 생활을 하면서 "키워준 은혜를 저버렸다."는 비난도 받아야 했던 그다. 그러나 그는 오뚝이처럼 일어섰다. 지난해 도쿄

마라톤에서 2시간7분20초로 두 번째 한국신기록을 세운 것이다.

이봉주는 우리에게 '절망은 없다.'고 온몸으로 가르쳤다. 시드니 올림픽에서 옆 선수에 밀려 넘어져 24위로 골인할 때만 해도 '한물간 선수'로 치부됐건만 그는 불사조처럼 일어선 것이다. 이번 대회엔 지난해 시드니 올림픽 금메달리스트인 게자헹 아베라(에티오피아), 지난해 이 대회 우승자인 엘리야 라카트(케냐) 등 쟁쟁한 선수들이 참가했으나 이봉주 선수의 적수가 되지는 못했다. 아니, 그는 시드니 올림픽 우승자를 따돌리고 월계관을 씀으로써 '시드니의 한(恨)'을 깨끗이 씻게 된 것이다.

외신들도 그의 쾌거를 앞다퉈 보도했다 하니 그는 한국인의 의지를 또 한번 세계에 과시한, 그리하여 우리나라의 이미지를 한 차원 더 높인 역할도 한 셈이 됐다.

경제 회복에 鬪魂 접목을

우리는 이번 이 선수의 우승을 한 순간의 감격으로 가슴에 새긴 채 잊어버려서는 안되리라 여겨진다. 사실 우리는 국제통화기금 체제 시절 못지 않게 경제적 어려움 속에서 생활하고 있다. 실업자가 1백만 명이 넘는다는 보도다. 물가는 2/4 분기에 5% 대에 진입하리라 예상되고 있다. 기업들의 구조 조정과 해외 매각도 시원찮고 외국인들의 투자도 기대에 미치지 못하고 있다.

때문에 이 같이 어려운 상황이지만 우리 모두 고난을 극복하고 '영광의 월계관'을 쓴 이봉주 선수의 투혼(鬪魂)을 본받아 다시 일어서는 기적을 만들어 내는 데 동참해야 되리라 믿는다.

신체적 약점과 '떠돌이 생활'의 고난을 극복하고, 더군다나 지난 3월 아버지를 여읜 슬픔을 딛고 세계 마라톤계의 영웅으로 부활한 이 선수처럼, '네 탓'만 하지 말고 우리 모두 한국 경제의 회생을 위해서 힘을 보태는 슬기로운 삶을 살자.

2001. 04. 19.

다시 無等山에 오르며

채 어스름이 걷히지 않은 무등산. 아직은 차게 느껴지는 신선한 바람이 살갗을 스친다. 코끝을 간질이며 흩어지는 아카시아 꽃향기. 졸졸졸 기운차게 흘러내리는 계곡 물소리가 귀를 맑게 하며 상쾌함이 온 몸에 퍼져 흐른다. 새벽 무등산에 오르면서 맛보는 이 신선하고도 청량한 정기(精氣)여!

母性愛 가득한 무등산

무등산. 광주시민, 아니 남도민에게는 어머니의 품과 같은 산이다. 안길 때마다 포근함이 물씬 느껴져 오는 산. 빈부귀천(貧富貴賤)을 가리지 않고 항상 잔잔한 미소로 그렇게 맞아주는, 모성애(母性愛)가 가득한 '빛고을 어머니의 산'.

아직 햇살이 퍼지기 전, 무등뫼는 막 잠에서 깨어나 기지개를 켠다. 밤이슬에 젖은 나뭇잎들은 선명한 초록빛으로 단장하고 그 숲에 둥지를 튼 새들은 이미 먹이를 찾아 힘찬 비상(飛翔)을 하면서 숲을 깨운다. 바지가 랑이를 적시는 저 산 속의 잡초들도 꽃망울을 터뜨리며 새벽녘에 찾아온 길손을 반긴다.

아스팔트에 길들여진 발걸음에 느껴지는 부드러운 흙의 감촉, 보일 듯 말 듯 이어지는 숲길을 오르다 보면 어느새 이마엔 땀방울이 송글송글 맺힌다. 그 이마를 스치고 지나가는 시원한 한 줄기 바람을 폐부 깊숙이 들이마신다. 도시의 매연에 찌든 그 곳 깊숙이 산의 정기(精氣)를 빨아들이면서 나는 살아 숨쉬고 있음을 감사하게 여기고 하루를 보람찬 삶으로 살자고 다짐한다. 등산로 주변 무덤을 보면서 '인간은 언젠가는 죽어 한 줌 흙으로 돌아가게 돼 있다.' 는 생각을 하고, 탐욕을 멀리하고 겸손과 겸허한 자세로 자신의 삶을 성찰(省察)하는 일상 생활을 하자고 마음에 새기곤 한다.

무등산. 그것은 우리에겐 희망이었다. 21년 전 5월, 그때도 광주의 산하(山河)는 신록에 휩싸여 있었다. 산에는 어김없이 하얀 아카시아 꽃이 흐드러지게 피어 그 짙은 향기가 가슴을 뭉클하게 만들었다. 거리의 가로수도 새싹들이 탐스럽게 피어 따사로운 5월의 햇살을 받으며 신(神)의 축복을 찬양하고 있었지. 그러나 그 같은 평화로운 광주는 '계엄군의 군화발' 에 사정없이 짓이겨졌고, 못다 핀 젊은 영령들은 지금 저렇게 망월동 '5·18묘지' 에 묻혀 이 땅의 민주주의 화신(化身)이 돼 조국을 지켜보고 있다.

아시아 인권·평화에도 기여

무등산은 그날 그 무참한 진압 과정을 지켜보면서 함께

분루(憤淚)를 흘려야 했고, 아직도 한 지역의 민주화 운동으로 폄하하고
있는 일부 야당 정치인들을 원망하고 있음 아니던가.

…
그리고 모든 도시와 마을들이
기필코 광주일 수밖에 없다
저 무등산은
저 무등산으로부터
지리산
소백산
오대산
금강산
묘향산
백두산 열 여섯 봉우리로
거기서 멀리 날아가 한라산에 이르기까지 달려가
여기에도
저기에도 무등산 있다
이제 분 같은 3천리 강토의 무등이어라
이제 온 세상 곳곳마다 무등이어라
…

고은 시인은 그의 시 '광주여 빛고을이여'에서 무등산이 3천리 강토

의 무등산이라고 절규하고 있건만 아직도 지역감정에 사로잡힌 일부 정치 세력들은 '광주민주항쟁'을 광주의 것으로만 평가 절하하고 있지 않은가.

무등산은 이제 고은 시인의 시가 아니라 해도 우리 겨레의 명산(名山)이다. 마찬가지로 '5·18'은 결코 '광주만의 5·18'이 아니다. 외국 정상으로는 처음 5·18묘지에 참배한 클라크 뉴질랜드 총리는 "한국 민주주의 발전 과정에서 상징적 의미를 지닌 이 곳을 찾게 돼 감명 깊다."고 말함으로써 분명 광주민주화운동이 어느 한 지역만의 것이 아님을 천명했다.

어디 그뿐인가. 제2회 광주인권상을 받은 바실 페르난도 아시아인권위원회 위원장도 "5·18로 상징되는 한국의 민주화 과정은 같은 시대를 살고 있으면서도 비(非)동시대적 탄압과 억압 속에 있는 아시아 지역 국가들에게 좋은 선례가 되고 있다."고 '5·18'을 한국의 민주화와 더 나아가 아시아권의 인권과 평화에 기여하고 있는, 국제적인 민주화 운동의 하나로 자리매김했다. 그런데도 우리의 정치권, 특히 야당은 어찌하여 '광주만의 것'으로 축소하면서 '국가유공자 예우법'에 인색하단 말인가.

다행스럽게도 이회창(李會昌) 한나라당 총재가 5·18기념식에 참석한다 하니 '국가유공자 예우법'에 대한 해법을 제시하리라 기대하면서, 제발 우리 정치권도 정치적 목적으로 '광주민주화 운동'의 명예를 실추시키는 어리석음을 저지르지 않길 바란다.

2001. 05. 18.

과학 시대의 원자력 에너지

가뭄을 끝낸 단비였다. 모처럼 농민들의 얼굴에 웃음꽃이 피었다. 이제 또 장마와 함께 무더위가 찾아온다는 기상예보다. 성하(盛夏). 시원한 에어컨이 그리워지는 철이다. 그러나 올부터 전력 요금 누진제가 강화돼 300kw 이상 사용하면 기본 요금과 사용 요금이 큰 폭으로 늘어난다. 냉방 시설도 가계(家計) 형편을 따지며 가동해야 될 모양이다.

전체 발전량의 43% 차지

우리는 물과 공기에 대한 고마움을 잊고 살 듯 전력(電力)이라는 에너지의 중요성을 망각하고 지내는 경우가 없지 않다. 원자력 발전으로 인해 충분한 전력을 공급받고 있는 탓이다.

전력은 석유나 석탄, 그리고 원자력을 활용하여 생산하고 있다. 그러나 불행하게도 우리나라는 석유 한 방울 나지 않는 자원빈국(貧國)이다. 에너지의 97% 이상을 외국에서 수입하고 있는 실정이다. 석탄은 캐낼수록 비용이 더 들어 그 효용성이 떨어지고 있다. 더군다나 세계기후변화

협약에 따라 화석 연료의 사용 규제는 갈수록 강화되고 있다.

이러한 세계적인 추세에서 대체에너지 확보는 '발등에 떨어진 불' 이 아닐 수 없다. 대체에너지, 그것은 바로 첨단 과학기술의 산물인 원자력 에너지인 것이다.

우리나라의 경우 70년대 후반부터 원자력 산업이 본격화 돼 99년 말 현재 고리, 영광, 울진, 월성 등 4개 지역에 모두 16기, 설비 용량 1천371만 6천kw의 상업용 원자력 발전소가 가동 중이다. 이외에 4기가 더 건설되고 있다. 지난 99년 원자력 발전으로 생산한 전력량은 우리나라 전체 발전량의 43%나 차지할 정도다.

하지만 국민들은 원자력에 대해 우호적인 감정을 지니고 있지 않음도 사실이다. 지난 79년 미국의 드리마일 원전과 86년 러시아의 체르노빌 원전 사고 이후 원전에 대한 경각심이 높아진 것이다.

그런데도 불구하고 원전은 여전히 에너지원으로서 각광받고 있다. 미국은 드리마일 원전 사고 이후 25년 만에 원전 건설을 재개할 움직임을 보이고 있다. 캘리포니아주의 경우 지난해 최악의 전기 공급 부족과 정전 사태를 경험한데 이어 올해도 지난 3월과 5월에 한때 주(州) 전 지역에 단전 조치를 할 만큼 전력 사정이 악화되고 있어 그 대안을 원전에서 찾고 있다는 외신 보도다. 원유 생산국인 미국마저 원전 건설을 재개하려하는 것은 배럴당 10달러 수준이던 원유값이 30달러에 육박하고 있는 등 원유값이 폭등하고 있기 때문이다.

일본은 2차대전 당시 원폭이 투하됐던, 원폭의 최대 피해국임에 틀림없다. 그런데도 그들은 99년 말 현재 52기의 원전을 가동해 4천508만 2

천kw의 용량를 생산하고 있으며 현재 5기를 더 건설하고 있고 앞으로도 2기를 추가한다는 계획을 세울 정도로 원전에 크게 의존하고 있다. 2010년엔 원전 비중이 45%에 이를 것으로 전망된다.

日, 폐기장 문제 해결 돋보여

문제는 원자력 발전에 사용된 핵연료와 방사성 폐기물을 어떻게 처리하느냐와 그 같은 폐기물이 인간의 기술로 통제가 가능하느냐이다. 현대의 기술은 사용 후 핵연료를 재처리해 원자력 발전에 쓰이는 핵연료를 만드는 수준까지 왔다. 인간의 기술로 통제가 가능하다는 것이다.

사용 후 핵연료를 재처리하면 소량의 방사성 폐기물이 남는데, 이는 방사성이 매우 세서 고준위 방사성 폐기물이라 한다. 일본은 이 같은 폐기물 처리 장소를 주민 자치로 해결했다. 혼슈(本州) 섬 최북단의 로카쇼무라 면(面) 주민들이 지역 발전을 위해 폐기장을 제공한 것이다.

우리의 경우 일본과 달리 고준위가 아닌 중·저준위 방사성 폐기물과 사용 후 핵연료를 옮겨 놓는 관리 시설을 이달 말까지 공모하고 있다. 중·저준위 방사성 폐기물은 주로 종사자들이 사용한 종이 수건, 작업복, 장갑 등 각종 교체 부품이다. 지금까지는 이러한 폐기물을 원전이 자체적으로 발전소부지에 보관하고 있다. 99년 현재 폐기물 발생량은 5만 5천 323드럼으로 이제 거의 포화 상태에 이르고 있다. 또한 이 같은 폐기물은 하루 속히 폐기물 영구 처리장이 확보돼 그곳에 처리하는 것이 바람직하다.

이번 폐기장 시설과 관련 우리 지역에서도 진도 등 몇 곳에서 유치 신청을 했다가 이를 철회했다는 보도다.

우리는 히로시마, 나카사키의 원폭 투하의 악몽을 딛고 원자력을 이용하여 경제 대국으로 우뚝 선 일본, 그리고 폐기물 시설을 유치하여 지역 발전을 이룬 로카쇼무라 지역민의 자치력을 생각하며 원전 폐기물 처리장 문제를 슬기롭게 해결하는 것이 바람직하다. 현대는 과학의 시대이며 원자력은 통제가 가능한 까닭이다.

2001. 06.

세무 조사와 言論 精神

열대야(熱帶夜)로 잠 못 이루는 밤이 지속되고 있다. 새벽녘에야 겨우 눈을 붙였다 일어나 조간 신문을 펼쳐보면 여전히 정치권의 '언론사 세무 조사' 를 둘러싼 공방(攻防) 기사들이 짜증스럽게 하는 요즈음이다.

야당은 처음 '언론 탄압' 이라고 포문을 연 후 '김정일(金正日) 답방 정지 작업' 에다 '특수 지역 출신 주도' 라는 '색깔론' 과 '지역 감정' 을 덧입히는가 하면 '표현의 자유가 없는 동토(凍土)의 시대가 올 것' 이라고 주장하면서 '언론탄압규탄대회' 까지 열었다.

언론 개혁 본질 훼손 우려

민주당은 '공정한 징세권 행사' 라고 언론 탄압을 부인하면서 "한나라당이 언론사 세무 조사에 김정일 국방위원장의 서울 답방 문제를 걸고 나오는 것은 민족 문제의 발목을 잡겠다는 고도의 정치 공작" 이라 했다.

우리는 이 같은 정치권의 공방을 보면서 '참으로 이 나라 국민들이 불

쌍하다.'는 생각을 하지 않을 수 없다. 사사건건 물고 늘어지는 정치권의 이전투구(泥田鬪狗)에 정말 염증이 치솟기 때문이다.

더군다나 여야가 대치할 때면 '약방의 감초'처럼 한 마디씩하는 김영삼(金泳三) 전 대통령은 이번에도 빠지지 않고 김대중(金大中) 대통령에게 독설을 퍼부었다. "이번 언론 말살 사태야말로 바로 독재자 김대중 씨가 음모하고 있는 재집권 쿠데타의 서막"이라고……. 그러한 그는 94년 언론사에 대한 세무 조사를 지시한 후 그 결과를 공개하지 않고 언론사들과 뒷거래를 하여 세금을 깎아준 장본인으로 알려진 인물 아닌가.

이번 세무 조사 결과를 놓고 야당은 '언론 탄압'이라 하지만, 지금 우리 언론들의 지면을 보면 어느 구석에도 탄압의 흔적은 보이지 않는다. 할 소리 다하고 있지 않은가. 우리는 동아일보 해직 기자 출신인 이부영(李富榮) 한나라당 부총재가 자신의 인터넷 홈페이지에 띄운 글에서 여야 공방전의 해법을 찾을 수 있다. "언론 개혁 문제는 우리나라 전반적 개혁의 성패를 가늠하는 참으로 중요한 문제인 만큼 어떠한 정략적·정파적 의도도 배제한 채 공익과 진실의 원칙 앞에 당당한가 그렇지 못한가를 기준으로 대응해야 한다고 생각한다.", "정부도 여야도, 해당 언론 기업도 법원의 최종적 판단이 내려질 때까지 구체적 탈세 사실에 대해 더 이상 소모적 논란을 중지해야 한다."

공평 과세는 언론사라하여 성역(聖域)일 수 없다. 같은 처지에 있는 자에게는 같은 세금이 부과되는 수평적 공평 과세와 고소득자나 저소득자에겐 각각 그에 알맞은 세금을 부과하는 수직적 공평 과세 잣대에서 언론은 결코 예외여서는 안 된다.

국세청에 의하면 23개 언론사가 1조 3천594억 원의 소득을 탈루해 5천 56억 원의 세금 납부를 부과 통보받았다. 조세범처벌법 위반 혐의를 받은 일부 언론사와 사주는 검찰에 고발까지 됐다. 이들의 세금 탈루 유형은 전근대적 수법임이 드러났다. 언론사 대주주가 법인과 계열 기업 주식을 매도한 것처럼 위장한 뒤 2, 3세에게 증여하는 방법을 썼다. 일부 언론사는 임직원이나 경리부 직원 이름으로 차명예금계좌를 개설, 돈을 세탁한 혐의를 받았다.

더러는 임직원에게 복리후생비를 지급하거나 거래처에 접대비를 준 것처럼 하고 그 돈을 빼돌려 법인세 등을 포탈하기도 했다. 기자들의 취재조사자료비를 다른 계좌로 빼돌려 사적인 용도로 사용하기도 했다.

또한 유가지 20%를 초과한 무가지(無價紙)에 대해 접대비로 간주하여 688억 원의 세금이 추징된 것과 관련 해당 언론사들은 접대비가 아닌 판매부대비라고 주장하고 있다. 그러나 국세청은 법인세법 25조 5항 등을 근거로 '지국·보급소·가판원에게 제공하는 무가지는 접대비'라고 보고 20%를 넘는 경우 세금을 부과한 것이라는 입장을 보였다. 사실 그동안 중앙지는 무가지에 경품까지 주는 엄청난 물량 공세를 펴면서 지방지의 숨통을 옥죄 왔다.

공평 과세에 聖域은 없어

언론이 사회의 공기(公器)이자 '제 4부'로 명명되고 있는 것은 그들이 비판과 감시 기능에 충실하고, 도덕적으로 투명성을 지녀야 된다는 전제가 이뤄질 때 가능한 일이다. 그러나 이번 국세청 발표로 우리 언론은 신뢰감을 잃고 말았다. 그런데도 이번 세무 조사 결과 진솔하게 반성하는 언론사를 보기가 어려웠다. 변명하기에 급급할 뿐이었다. 그런 의미에서 전후(戰後) 일본 언론은 이 시대 우리에게 참으로 귀감이 아닐 수 없다. 마이니찌 서부본사, 아사히, 요미우리 등 주요 신문들은 패전 직전까지 '승리하고 있다.' 는 거짓 기사로 국민을 오도(誤導)한 데 대해 사과를 하고 임원진 등 간부들이 퇴진함으로써 독자들의 신뢰 회복과 함께 진정한 '언론 자유' 의 기틀을 다졌던 것이다.

우리는 여야 국회의원들과 강원룡 목사, 함세웅 신부 등 각계 인사 70명이 참석한 '화해전진 포럼' 이 3일 "언론 개혁이 그 본질과 핵심을 비껴나 색깔론 공방으로 치닫는 데 분노한다." 고 결의한 것을 되새기며, 정치권과 언론 모두 이성을 되찾길 바란다. 언론은 뼈를 깎는 자성(自省)을 통해 거듭나야 한다. 그래야 잃었던 신뢰를 그나마 얻을 수 있다고 여기기 때문이다.

2001. 07.

추수의 계절, 정치의 계절

계절은 어느새 처서(處暑)를 지나 가을을 느끼게 한다. 한낮의 땡볕은 여전하지만 새벽녘 바람은 서늘한 가을 기운을 담고 있다. 교외로 빠지면 '가을 여인' 코스모스가 반기고, 들녘은 시나브로 황금빛으로 물들어 가며, 시골 지붕 위엔 갓 거두어들인 고추가 가을의 전령(傳令)인 양 빨간 빛을 자랑하고 있다.

계절은 그렇게 추수의 계절이 오고 있음을 알리건만 정치의 계절은 결실은커녕 여전히 삼복더위처럼 후텁지근한 불쾌감을 내뿜고 있을 뿐이다.

풀어야 될 국정 山積

여·야 영수 회담만해도 그렇다. 김대중(金大中) 대통령은 지난 15일 광복절 경축사에서 여·야 영수 회담을 제안했다. 한나라당도 원칙적으로는 찬성한다는 반응을 보였다. 그러나 민주당 안동선 최고위원의 '친일(親日)행각' 발언으로 한때 좌초 위기를 맞았고 이제 겨우 실무 접촉

수순을 밟고 있다.

경제는 국제통화기금(IMF)체제 때 보다 더 어려운 상태다. 평양 '8·15민족통일대축전'에서 드러나듯 남북 문제와 관련해 우리 사회는 아직도 이념적 갈등이 심화되고 있는 등 여·야 영수가 숙의해야 될 일이 산적해 있지만 자리를 함께 하기 전부터 시비가 일어 회담 제의 이후 일주일을 넘겼으니 민초들은 그저 답답할 따름이다.

우리나라 정치권에서 처음 영수 회담이 열린 것은 지난 65년이었다. 박정희(朴正熙) 대통령의 3공화국 시절, 박 대통령과 당시 야당인 민중당 대표 박순천(朴順天) 여사가 회담을 가지면서 여·야 영수 회담이란 용어가 신문 지면을 장식했다. 이때는 박 정권이 들어선 지 얼마 안 된 때로 한일 협정 비준 문제로 대학생들의 반대 데모 등이 한창이었고, 월남전 파병 문제까지 겹쳐 여·야가 첨예하게 대립된 시기였다. 물론 회담 후 우여곡절은 있었지만 한일협정도 국회의 비준을 받았고, 국군 파병문제도 정부 의지대로 결말이 났다.

이후 정국이 경색될 때마다 간헐적으로 박 대통령과 야당 당수간의 영수 회담이 열렸고 대부분 이 자리에서 현안들이 풀리곤 했었던 것을 우리는 기억하고 있다. 김영삼(金泳三) 전 대통령도 박 대통령과 75년 5월 21일 영수 회담을 갖고 유신체제의 정치 현안을 논의했다.

물론 영수 회담은 당내 비주류들의 공격의 자료가 되기도 했다. 회담 후 여당 정책에 협조하거나 대여 투쟁의 강도가 약화됐던 까닭이었다. 김영삼 전 대통령도 '묵계설'과 '매수설'에 시달릴 정도였다. 그러나 이런 회담의 가장 큰 피해자의 한 사람은 아무래도 유진산(柳珍山) 신민당 당수가 아니었나 싶다. 그는 여당의 카운터파트 역할을 했고 당수로서 박 대통령과의 회담 상대가 됐지만 오히려 '사꾸라' 시비에 휘말려 결국 '40대 기수론'의 희생양이 되고 말았다. 70년 진산은 당수였지만 보수 야당의 관행을 무시하고 김영삼 씨가 들고 나온 '40대 기수론'에 밀려 대통령 후보 꿈도 꾸지 못한 채 역사의 뒷전으로 밀려나고 만 상처의 주인공이 됐던 것이다.

말하자면 영수 회담은 쉬운 듯하면서도 어려운 정치적 행사라 하겠다. 국민의 정부 들어 김 대통령과 이회창(李會昌) 총재간의 만남도 그렇다. 98년 11월 10일 첫 대좌 이후 지난 1월 4일의 영수 회담까지 일곱 번이나 회담을 가졌지만 뒷맛은 개운치 않았다. 오히려 새로운 정치 상황이 터져 회담무용론이 나올 정도였고 감정의 골만 더 깊어진 경우가 한두 번이 아니었다. 7번째 회담에서는 영수 회담을 정례화하기로 했건만 여당의 자민련에 2차 의원 꿔주기가 빌미가 돼 더 이상 진전이 없었다.

국가 위해 합심하는 모습을

김대중 대통령의 이번 영수 회담 제의는 국론 분열이 그 어느 때보다 심각한 때여서 시의 적절한 것으로 여겨진다. 국민들과 정치권의 기대도 크다. 언론 세무 조사·평양 민족통일대축전 행사로 빚어진 이념 갈등 등으로 그 어느 때보다 여·야 영수 회담의 필요성이 큰 때문이다. 더군다나 세계적인 상황이지만, 우리 경제는 회복의 기미를 보이지 않고 있다. 비록 3년 8개월 만에 앞당겨 IMF돈을 모두 갚았다 하지만 지난 2분기 경제 성장률은 2.7%로, 수출·투자 부진이 겹쳐 외환 위기 이후 최저치를 기록하고 있고, 결국 올 성장률은 3~4%대에 그칠 것으로 전망될 정도다. 은행 금리가 한 자릿수로 떨어졌지만 돈 쓸 기업을 찾지 못해 은행권은 예금 금리를 계속 낮추는 기현상이 빚어지고 있으며, 금융권의 구조 조정으로 40대들마저 퇴직을 해야 되는 어려운 상황에서 국민들은 고달픈 삶을 이어가고 있는 실정이다.

때문에 우리는 김 대통령과 야당 총재가 대승적인 마음으로 만나 국론 통일과 민생을 위한 방안들을 내놓길 바랐던 것이다. 그런데도 여·야는 안동선 최고위원의 '이 총재 부친 친일 행적' 이란 돌출 발언을 놓고 입씨름을 벌이면서 세월을 보냈던 것이다.

우리는 '신선 놀음에 도끼자루 썩는 줄 모른다.' 는 속담이 있지만, '정쟁(政爭) 놀음에 국민들 허리 휘는 줄 모른다.' 는 말로 바꿔 정치권을 질책하고 싶다. 여·야가 공멸(共滅)하지 않으려면 여·야 영수가 하루속히 머리를 맞대고 국가와 민족을 위해 합심하는 모습을 보이길 기대한다.

2001. 08.

테러, 그 이후

군사 대국이요 경제 대국인 미국이 속수무책으로 테러를 당했다. 미국 경제력의 상징인 뉴욕의 세계무역센터 쌍둥이 건물이 폭삭 무너져 내렸고, 힘의 상징인 워싱턴의 국방성, 펜타곤 건물도 파손됐다. 그들의 심장부가 타격을 입은 것이다.

그것은 2차대전 당시 진주만 기습에 버금가는 공격이었다. 충격, 경악, 허탈이 미국 전역을 휩쓸고 있다 한다. 재산 피해는 물론이지만 사상자 수도 수천 명에 이를 것으로 보이는, 인류 역사상 최대의 피해로 기록될 테러에 세계도 경악했다.

이번 테러 공격의 타깃이 됐던 세계무역센터는 뉴욕 맨허튼의 월가 부근에 자리잡은 110층, 높이 417m의 쌍둥이 건물로 지난 73년에 완공됐다. 이곳은 국제 무역의 중추 역할을 해 왔던 곳으로 지난 93년 2월 26일에도 지하 2층 주차장에서 대형 폭탄이 터지는 테러를 당한 적이 있었다.

미 연방수사국(FBI)은 이번 테러 공격의 유력한 배후 세력으로 오사마

빈 라덴을 지목하고 있으며 테러에 가담한 아랍계 용의자 5명의 신원도 확인했다고 알려져 수사가 진전을 보이고 있다 하니 다행이라 하겠다. 라덴은 사우디아라비아의 백만장자 출신이다. 케냐와 탄자니아 주재 미국 대사관에 대한 지난 98년의 차량 폭발 사건(사망 224명)과 지난해 예멘항구 근해에 정박해 있던 미군함 콜호에 대한 폭탄 테러(사망 17명)의 배후 인물로 지목되고 있기도 하다.

이번 사건의 원인에 대해 미국 수사 전문가들은 팔레스타인보다는 이스라엘 입장을 옹호하는 미국을 겨냥한 것이라는 견해를 보이고 있다.

특히 이달 초 남아프리카공화국 더반에서 열린 유엔 인종차별철폐회의에서 미국이 '이스라엘을 인종 차별 국가로 비난하려 한다.' 면서 대표단을 철수한 것이 직접적인 갈등 상황을 유발했다는 의견도 제기되고 있다.

부시 미국 대통령은 11일 TV 연설을 통해 테러 행위와 관련 "이러한 사악한 행위의 배후자들과 이들을 보호하는 어떠한 국가에 대해서도 보복할 것"이라고 천명하면서 "이 집단 살인 행위는 우리 국민을 혼란에 빠뜨리고 후퇴케 하기 위한 것이나 그들은 실패했으며 우리나라는 강력하다. 강철같은 미국의 의지를 약화시킬 수는 없다."고 자신감을 내비쳤다.

우리는 이 같은 부시 대통령의 강한 응징의 의지를 지지한다. 또 국가적인 위기에 여·야가 힘을 모으기로 합의한 대목도 우리의 눈길을 끈다. 우리는 미국의 테러 참사를 보고, 비무장인 민간인들을 대상으로 한 무차별적 공격이라는 점에서 어떤 목적이든 테러는 반인륜적인 천인공

노할 만행이라 하지 않을 수 없다. 때문에 테러 조직은 반드시 단죄해야 한다는 부시의 다짐에 동의하는 것이다. 미국과 적대적 관계인 리비아, 쿠바, 이란을 비롯 러시아, 북한 등 대부분의 나라들이 한 목소리로 테러를 비난하고 있음도 바로 그 같은 맥락이 아니겠는가?

그러나 세계 최강국인 미국이 동시다발적인 테러에 무방비 상태로 노출돼 엄청난 피해를 입은 점은 우리를 허탈하게 한다. CIA, FBI 등 숱한 미국의 수사 및 정보 기관의 정보 부재도 문제지만, 공항 검색의 허술함, 그리고 대부분의 테러범들이 총이 아닌 칼 같은 흉기로 비행기를 납치할 정도로 취약한 공안 시스템과 방공망 등이 우리를 아연케 한다.

이제 미국의 테러 참사는 세계로 불똥이 튀고 있다. 미국 증시의 폭락은 세계 경제에 먹구름을 짙게 드리우고 있다. 미국이 보복전을 펼 경우 제3의 오일 쇼크마저 우려되고 있다.

우리나라도 예외일 수 없다. 정부가 이번 사태를 사실상의 '경제 비상 사태'로 규정하면서 대책 마련에 부심하고 있는 것도 그 파장이 간단치 않을 것으로 우려되는 탓이다. 미국의 소비 및 투자 심리가 악화되면 우리의 수출이 차질을 빚게 되며, 유가와 원자재 값이 오르면 국내 물가에도 부담이 가중된다. 이 같은 실물 분야 이외에 증시와 외환 시장 등 금융 시장 전반에 타격을 줄 가능성이 높다. 정부는 예측 가능한 어려움에 철저히 대처해야 된다.

우리는 지난 87년 대한항공 858기가 북한의 테러에 의해 공중 폭파된 아픈 기억을 안고 있다. 비록 햇볕정책으로 남북관계가 해빙 분위기라 해도 우리의 군(軍)과 관계 기관은 불순세력에 의한 테러에 대비해야 한다.

특히 우리는 내년 월드컵 축구 경기를 치르게 된다. 그동안 여러가지 요인으로 안보 의식이 느슨해졌다면 이번 미국 참사를 계기로 이를 다잡아야 된다. 김대중(金大中) 대통령도 담화에서 밝혔지만, 우리는 북한 포용 정책과는 별개로 철통같은 안보 태세를 갖추는데 한치의 소홀함도 없어야 된다. 더불어 국가적 위기에 초당적으로 대처하는 미국 정계처럼 우리의 정치인들도 정쟁을 버리고 이러한 위기에 힘을 모으는 모습을 보이길 바란다.

2001. 09. 14.

노벨 문학상과 한국 문학의 세계화

결실의 계절 10월은 또 노벨상의 계절이기도 하다. 이맘때면 세계인의 이목이 노벨상 수상자 발표에 집중되곤 한다. 물론 우리는 지난해 김대중(金大中) 대통령이 노벨 평화상을 받아 그 갈증을 조금이나마 해소하기는 했다. 그러나 우리가 기대하는 노벨 문학상은 올해도 우리나라를 외면했다. 서인도 제도 남단 트리니다드 토바고 출생인 영국의 V.S. 나이폴에게 수상의 영예가 돌아간 때문이다.

일부에서는 노벨 문학상을 폄하하는 시각도 없지 않다. 노벨 문학상 수상자가 문학성에 대한 평가와는 무관하게 선정되고 있다는 점, 강대국 위주로 수상자가 결정된다는 측면에서 정치적이란 점 등을 지적하며 노벨 문학상에 집착할 필요가 없다는 주장을 펴기도 한다.

그럼에도 불구하고 노벨 문학상은 그 나라의 문학이 세계 문학 속에서 얼마나 널리 알려져 있는가를 확인할 수 있는 근거가 된다는 데서 결코 이를 외면하고 우리만 독야청청(獨也靑靑)할 수는 없다 하겠다. 특히 노벨 문학상이 그 나라의 국력과도 관계가 있다 한다면 더 더욱 우리는 노벨상에 관심을 가져야 된다고 여겨진다.

사실 노벨 문학상은 우리 문단의 자존심과도 직결되는 문제이기도 하다. 아시아권에서 인도 시인 R. 타골은 1913년에 이미 노벨 문학상을 받아 이 지역 최초의 수상자라는 영예를 안았다. 이웃 일본은 지난 68년 소설가인 가와바타 야스나리(川端康成)에 이어 지난 94년에도 소설가인 오에 겐자부로(大江健三郎)가 노벨 문학상을 받아 벌써 두 명이나 수상자를 냈다.

중국의 경우 지난해 극작가인 가오싱젠이 수상함으로써 노벨 문학상 수상국 대열에 끼었다. 동양 3국 중 유일하게 우리나라에서만 문학상 수상자를 배출하지 못하고 있는 셈이다.

그렇다해서 우리의 문학적 성과가 이들 나라에 뒤지는 것은 아니다. 그런 때문에 더욱 조바심마저 이는 것이다.

일본이 두 명의 수상자를 낸 데는 그만한 이유가 있다. 미국의 어지간한 대학가나 일반 서점 어디를 가든 영어로 된 일본 문학 관계 책을 쉽게 구할 수 있다 한다. 일본 문학은 이미 세계 문학의 중심부에 자리잡고 있는 셈이다.

오에 겐자부로는 스톡홀름에서 10여 년 간 활동했다 한다. 그의 책은 스웨덴어로 번역이 됐고, 그곳 서점에서 잘 팔리지 않자 일본 대사관이나 일본인들이 그의 책을 사들임으로써 독자들에게 인기 있는 책인 양 했다는 이야기도 있다. 정부의 적극적 지원이 우리의 관심을 끄는 대목이다.

중국 문학에 관한 서적들도 눈에 자주 띈다 한다. 작품을 번역하여 출간한 것 뿐만 아니라 전문적인 연구 서적도 적지 않다. 그러나 우리의 것은 그렇지 못하다는 것이다. 결국 이러한 차이가 일본과 중국에게 노벨문학상 수상을 추월당한 이유가 아닌가 여겨진다.

우리나라도 실망만 할 게 아니라 이제부터서라도 적극적으로 정부에서 나서서 지원을 해야 된다. 심사 위원들이 제대로 우리 작가의 작품을 읽고 평할 수 있도록 우수한 학자들을 동원하여 영어나 스웨덴어 등으로 완벽하게 번역을 하는 작업부터 서둘러야 된다. 어느 개인이나 단체에 맡길 일이 아니다. 그것은 정부 차원에서 팔을 걷어붙이고 나서야 가능하다 할 수 있다. 그만큼 자본을 투자하라는 의미이다.

우리도 서정주 시인, 최인훈 소설가가 후보로 추천된 적이 있고 황순원, 이청준, 이문열, 박경리, 윤동주, 김소월 같은 기라성 같은 문인들을 배출한 나라다.

더군다나 올해 수상자인 나이폴의 작품세계가 동양적 사고, 인도의 신비주의를 포함하고 있으면서 제3세계 문제를 밀도 있게 다루었다는 점은 우리에게 희망을 주는 것이라 여겨진다. 그의 장편 소설 '세계 속의 길' 은 탈식민주의를 다루고 있다. 이 모두 서구 문단이 관심을 집중하고 있는 분야다.

다시 말해 서구의 작가들은 거의 필연적으로 역사 · 언어 · 인종 · 식민과 탈식민 의식을 문학의 주제로 삼고 있는 것이다. 특히 탈식민지 연구가 20세기 후반 들어 서구 문학의 가장 중요한 주제의 하나로 특징지워지고 있다.

바로 이 같은 현상은 우리에겐 절호의 기회일 수도 있다. 우리는 일제

식민지를 경험했고 동족상잔의 전쟁까지 치른 민족이기에 서구인들의 시각에도 합당한 문학적 토양은 만들어진 셈이라 보기 때문이다.

　문학은 한 민족의 정신의 깊이와 문화적 풍요함에서 잉태되는 고도의 지적인 활동이라고 정의할 수 있다. 따라서 우리도 이제 노벨 문학상 수상자를 배출해야 된다는 당위성을 거기에서 찾을 수 있어야 한다. 우리 문학의 세계화를 위해 우리 문단과 정부가 발벗고 나설 때 우리에게도 노벨 문학상 수상의 영예가 돌아오리라 확신한다.

2001. 10. 19.

자연스러운 흐름

무등산에 첫눈이 내렸다. 낙엽이 지천으로 깔린 숲길엔 어느새 동장군(冬將軍)이 버티고 있는 계절. 시간의 덧없음을 느끼게 하는 요즈음이다.

세월의 무상함. 그것은 백가쟁명(百家爭鳴)식 목소리를 내고 있는 민주당, 김대중(金大中) 대통령의 당총재직 사퇴와 박지원(朴智元) 청와대 정책기획수석의 퇴진을 보면서 더욱 짙게 느껴진다.

김대중(金大中) 대통령은 김영삼(金泳三) 전 대통령과 더불어 '정치 9단' 이자 민주투사로 존경의 대상이었다. YS는 재임 중에 역사 바로세우기, 금융 실명제 도입, 군내(軍內) 사조직 척결이란 치적을 쌓았다. 그럼에도 한보(韓寶)사태 등으로 아들이 구속되고 환란(換亂) 속에 임기를 끝내고 말았다.

때문에 우리는 DJ만은 그 같은 길을 밟지 않길 바랐다. DJ의 가신(家臣)들도 스스로 임명직에는 얼씬도 하지 않겠다는 다짐을 하면서 YS를 타산지석(他山之石)으로 삼겠다 했다. 그 모습이 얼마나 장하고 아름답게 보였던가? 그렇기에 우리는 DJ가 정권을 잡자마자 '이제 승자의 아량을 보이자.' 며 영남을 포용하자고 할 때 흔쾌히 그의 뜻을 따랐다.

그런데 4년이 지난 지금 호남의 정서는 푸념의 단계를 지나 분노의 과정에 접어들었다 해도 지나치지 않을 정도로 악화돼 버렸지 않았는가? 역대 정권에서 그 정권에 충성하며 자리 보존하기에 급급했던 일부 호남 출신 공직자들이 '호남인' 이란 이름 때문에 중용된 것 이외에 DJ에게 압도적 지지를 보냈던 이 지역 주민들에겐 무슨 혜택이 돌아왔느냐는 항변은 차라리 푸념이라 해도 좋다. 그러나 세상을 떠들썩하게 만든 비리 사건이 터질 때마다 호남 출신 공직자와 측근 정치인들 이름이 약방의 감초처럼 들먹여지며 지역에 남아 성원을 보내던 '호남인' 을 부끄럽게 만들고 있는 상황은 우리를 분노의 화신으로 만들기에 충분했다.

더군다나 10 · 25 재 · 보선 참패로 불거진 민주당 내분을 보면서 YS 정권의 말기가 떠올라 가슴이 아팠음도 사실이다. 특히 야당인 한나라당이 DJ의 레임덕을 걱정하며 권철현 한나라당 대변인이 "민주당은 하루빨리 내분을 수습하고 집권여당의 위엄을 찾길 바란다." 는 논평을 냈을 때 참으로 호남인임이 부끄러워 얼굴을 붉힐 지경이었다.

다행스럽게도 DJ는 7일 지도부 간담회를 통해 인적 쇄신과 정치 일정 등에 대해 적나라한 의견을 들은 뒤 8일 당무회의에서 '총재직 사퇴' 를 피력했다. 우리는 그의 결단을 환영한다. 그리고 이후 국정 운영은 마음을 비운 상태에서 명경지수(明鏡止水)와 같은 심정에서 처리하길 바란다. 그것은 민심을 따르는 것이자 물 흐르듯 하는 순리(順理)에 적합해야 함을 뜻한다.

그런 의미에서 박지원 청와대 정책기획수석이 사표를 낸 것도 용단이라 칭찬하고 싶다. 중국 촉(蜀)나라 제갈량의 읍참마속(泣斬馬謖)의 고사(古事)가 아니더라도 정치에서 희생양(scape goat)은 있기 마련이다.

지금에 와서 과오(過誤)의 유무는 그렇게 큰 의미가 없다. 같은 당의 최고위원과 쇄신파 의원들이 그 같은 주장을 한다면 그럴만한 이유가 있을 것이고 민초들이 그렇게 여긴다면 대(大)를 위해 소(小)는 순교(殉敎)를 해야 될 정도로 급박한 시점인 까닭이다.

권노갑(權魯甲) 전 고문이야 억울한 점도 많으리라 여겨진다. 그가 물심양면으로 지원했던 정치 후배들에게 배신당했다고 생각할 법하지만 그렇게 섭섭해 할 일도 아니다. 로마의 독재자 시저(caesar)의 등에 칼을 꽂은 자는 그가 가장 총애했던 브루투스(brutus)였잖은가? 그가 숨을 거두면서 '브루투스! 너도냐?' 고 외쳤던 그 배신감을 되새긴다면 그 분함을 삭일 수 있으리라 여겨진다.

권 전 고문은 그의 "묘비명에 '김대중 선생의 비서실장' 이란 직함이면 족하다."고 했던 심정으로 돌아가 기꺼이 '순명(順命)' 의 자세를 보이는 것이 도리다. DJ가 국정 수행에 자유로울 수 있다면, 민주당에 정권 재창출의 길이 보인다면, 훗날을 기약하며 잠시 소용돌이를 피하는 것도 큰 정치인의 자세라 여겨지는 까닭이다.

사실 DJ는 지금 새로운 일을 추진하려해도 물리적으로 어렵게 됐다. 한나라당과 자민련이 국회 과반수를 차지한 때문이다.

이제 민주당 총재직을 떠나 홀가분한 심정으로, 모든 정파를 초월한 지위에서 그동안 제대로 처리 안 된 국정을 마무리하면서 남북 문제와 민생·경제 회복에 주력해야 한다. 이를 위해선 비상거국내각을 구성할 필요가 있다.

레임덕에 가슴 아파할 필요도 없다. 그것도 하나의 자연스러운 흐름인 까닭이다. DJ는 충분히 역사에 남을 업적을 쌓았다. 노벨 평화상 수상이, 최초의 남북 정상회담을 통한 햇볕정책이, IMF 조기 졸업 등이 영원히 기록될 치적 아니겠는가?

2001. 11. 09.

'오리무중' 의 한 해

화이트 크리스마스를 보낸 거리에 '북치는 소년' 의 애절한 목소리가 긴 여운을 남기며 세밑을 서성거리는 요즈음, 구세군의 자선냄비 종소리도 멎고 다사다난(多事多難) 대신 송구영신(送舊迎新)의 깃발이 나부끼고 있다.

기대와 설렘으로 맞았던 21세기 첫 해였건만 대립과 분열, 반목과 질시, 그리고 미혹(迷惑)이 소용돌이쳤던 한 해로 기억될 뿐이다.

우리나라 대학 교수들은 올 한 해를 '오리무중(五里霧中)' 이란 한자 숙어로 풀이했다. 지난 23일 주간 '교수신문' 이 전국의 교수 70명을 상대로 e-메일 설문조사를 했더니 23명(33%)이 이 단어를 올해의 대표어로 선택했다 한다. '사회 각계의 부정직·부도덕성으로 원칙과 기본 질서가 서지 않는 우리 사회' 라는 등의 설명이 뒤따랐다. 적확(的確)히 표현한 셈이다.

김대중 대통령도 지난 26일 국무회의를 주재하면서 "한 해를 돌아볼 때 가장 큰 시련은 세계 경기 후퇴에 따른 경제난이었고 그 다음이 남북 관계의 정체였다."고 되돌아봤다. 김 대통령의 회고처럼 우리 경제는 9·11 미국 테러 사태 이후 테러 전쟁과 세계 IT(정보기술)산업의 불황 여파로 침체를 거듭했다. 비록 지난 8월 3일 국제통화기금(IMF)에서 빌린 돈을 모두 갚아 3년 8개월 만에 IMF 관리 체제를 졸업했다지만 경기는 좀처럼 회복의 기미를 보이지 않고 있는 것이다.

지난해 곧장 통일이 이뤄질 것같이 들떴던 남북 관계는 김정일 북한 국방위원장의 '서울 답방 무산'이 말해주듯 냉기류에 휩싸이고 말았다. 정치적으로는 살얼음판 위를 걸어온 DJP공조가 임동원 통일부장관 해임안 국회 통과 여진(餘震)으로 지난 9월 3일 깨져 결국 국민의 정부는 소수 여당으로 전락했고, 원내 다수당인 한나라당이 정국을 주도하는 상황이 됐다. 민주당의 10·25 재·보선 완패는 김 대통령의 총재직 사퇴를 불러왔다. 김 대통령은 민주당 소장파의 쇄신 요구에 11월 8일, 임기를 1년 4개월여나 남겨두고서 당총재직을 버리는 것으로 응답한 것이다.

권력은 언론과 대립·갈등 관계를 빚었다. 2월 초부터 4개월 넘게 진행된 세무 조사 결과 5천 56억 원의 세금이 추징됐고, 6개 신문사가 고발당하면서 사주 3명이 구속된 것이다. 정부와 시민 단체는 '엄정한 법 집행'이자 '언론 개혁'이라 주장한 반면 언론사는 '탄압'이라 맞서 갈등의 골만 깊게 했다.

그러나 무엇보다도 우리를 좌절의 늪으로 빠뜨린 것은 꼬리를 물고 이어지고 있는 의혹 사건이었다 해도 지나치지 않을 듯하다. '게이트'로 이름 붙여진 의혹 사건은 G&G그룹 이 회장의 횡령 및 주가 조작 사건과 관련 특별검사제까지 도입됐다. 지난해 마무리됐던 '진승현 게이트'와

'정현준 게이트' 가 되살아나면서 정·관계에 엄청난 파문을 일으켰다. 그 여파로 전 법무부차관과 전 국정원 2차장 등이 사법처리될 운명에 놓였다. '수지 김 살해 은폐조작 사건' 의 전모가 14년 만에 드러나면서 살해 혐의를 받은 남편이 관계 기관의 비호 아래 벤처 기업을 급성장시켰다는 의혹을 받는 '윤 씨 게이트' 까지 터져 세밑을 우울하게 만들고 있다.

우리는 낡고 음습한 구시대의 유물을 훌훌 털고 밝고 희망찬 민주·복지 국가 건설에 매진해야 될 21세기 첫 해를 그렇게 반목하고 대립하는 정쟁으로 보냈다 해도 과언이 아니다.

그러나 우리는 결코 좌절하지 않는다. 게이트 파문 속에 드러나듯 부정과 부패가 만연되고, '돈 한푼이라도 받았다면 할복 자살하겠다.' 던 청와대 전 민정수석이 결국 사법처리되는 모순을 지켜보면서도 희망을 잃지 않는 것은, 돈 앞에 오금을 못펴던 자들보다 따뜻하고 바른 마음씨를 지닌 정의로운 민초들이 더 많이 있다고 여기는 까닭이다.

전국에서 모금 활동을 벌였던 구세군 자선냄비가 목표액 17억 원을 초과 달성했다 하지 않던가. 자선냄비를 채운 사람들 가운데는 목발 짚은 남자, 장애인 할아버지, 막일꾼, 동전을 가져온 고교생, 유치원 어린이 등등이 있다고 하지 않는가.

우리 사회는 이처럼 따뜻한 마음으로, 정직한 삶에 가치를 두고 어렵지만 웃음을 잃지 않고 살아가고 있는 저들 때문에 지탱되고 있음이리라.

이제 우리는 묵묵히 제 분수를 지키며 정의로운 삶을 사는 시민들의 힘을 밑거름 삼아 다시 한번 용틀임해야 한다. 새해엔 지방 선거와 함께 앞으로 5년 간 우리의 운명을 책임질 대통령을 뽑아야 되는 선거가 기다리고 있다. 그리고 88년 올림픽의 기적을 재현해야 될 월드컵 축구대회도 우리의 의지를 부르고 있다. 때문에 우리는 우울하고도 지겨운 지난날일랑 묻고 새 희망을 품어보자. 웅비의 날개를 활짝 펴는 새해, 그리하여 명실상부한 선진국으로 발돋움하는 새해를 만들자고 함께 기원해보자.

2001. 12. 28.

4강 신화

　신(神)의 조화로밖에 볼 수 없었다. 그것은 창조주의 최대 걸작이었다. 나는 심호흡을 하고 눈을
크게 떴다. 한 그루의 나무, 한 덩어리의 바위, 그리고 굉음을 내며 쏟아져 내리는 물줄기 하나라도
놓치지 않기 위해 온몸의 신경줄을 활처럼 팽팽히 당기며 금강산 초입(初入)에 서 있는 것이다.

한 뿌리 두 가지

어제 광주시청에서 우리 지역 원로를 비롯 정·관계, 언론계 등 각계 인사들이 모여 광주 도심 활성화 대책을 위한 간담회를 갖고 대책 기구를 마련한 것은 의미 있는 일이었다고 본다. 그동안 광주 도심권의 공동화(空洞化) 현상으로 어려움을 겪었던 시민들의 여론을 한데 모으고 광주와 전남이 공동으로 발전하기 위한 장·단기적 대책을 마련하기 위한 기구가 발족됐다고 여기는 까닭이다.

도심 空洞化는 도시 개발 탓

광주 도심권 활성화 방안은 광주시의 숙원 사업이라 하겠다. 그동안 우리 지역은 전남도청 이전과 함께 광주·전남통합 여부와 관련하여 여러 가지 의견이 개진된 것도 사실이다. 도청 이전은 김영삼 대통령 때인 지난 93년에 결정된 사안이었고 광주시의회는 96년 12월 '광주·전남통합 반대 결의안'을 의결하기까지 했다.

그러나 '전남도청이전반대 및 광주·전남통합추진위원회'가 발족돼

도청 이전을 반대하고 시·도 통합을 위한 서명작업과 반대 시위를 주
도하면서 새로운 국면을 맞았지만 전남도가 제시한 시한인 2001년 10
월까지도 결론을 맺지 못해 광주와 전남은 각각 제 갈 길로 가고 있는
느낌이다.

때문에 광주의 경우 도청 이전과는 별도로 활성화 방안을 마련하는 것
이 당연한 일인 셈이다. 세계 어느 도시이든 도시가 발전하면서 새로운
시가지가 조성되면 구시가지는 위축되기 마련이기 때문이다. 광주도 인
구 증가율이 지난 70년대 57.9%, 80년대 44.7%, 90년대 57.4%로 뛰면서
80년대 이후 도심 외곽에 대규모 아파트 단지가 개발되고 상업과 금융
시설이 이들 지역으로 옮겨 갔다. 더불어 대형 유통업체가 들어섬으로써
도심 지역의 주요 산업인 음식·숙박업과 도·소매업이 감소되고 동구
등 도심 인구는 급감하는 현상이 나타났다. 이는 도시의 발전에 따른 필
연적인 부작용이라 하겠다.

따라서 광주시는 종전의 도심권을 활성화시키면서 새로 형성된 도심
권을 육성하는 다핵(多核)도시로서의 기능을 갖도록 연구하고, 광주 권
역을 분할하여 그 지역의 특성에 맞게 개발해가는 행정이 절실해진 셈이
다. 그런 의미에서 광주시에서 있었던 각계 인사 간담회는 뜻 있는 모임
이었던 것이다.

광주와 전남은 이제 환황해권 시대를 대비하면서 대 중국 공략을 위한
거점기지의 역할을 맡아야 된다. 올해 치러질 월드컵 예선 경기에 중국
이 광주에서 경기를 하게 된 점도 우리 지역으로서는 다행이라 아니할
수 없다. 광주를 중국에 소개하고 그들에게 우리 지역을 각인시켜 주는

절호의 기회인 까닭이다. 그렇다면 우리는 이 같은 천우신조의 기회를 소모적인 싸움으로 놓쳐서는 안된다.

정부 예산으로 20억 원의 도심 활성화 방안 용역비가 계상된 터에 우리는 각계 전문가들이 지혜를 짜내 광주의 활성화 방안을 마련해야 된다. 그 방안은 장기적인 것과 단기적인 것으로 짜져야 함은 물론이다.

광주의 동구 도청 주변과 남구 사직공원 일대 6만 5천 평에 644억 원을 들여 지난해부터 오는 2005년까지 추진키로한 문화산업단지 조성 사업, 충장동과 서남동 주변 2천476㎢에 사업비 139억 원으로 지난해부터 올해까지 추진하는 금남벤처기업 촉진지구 조성 사업, 그리고 궁동 중앙초등학교 부지에 600억 원을 들여 세우기로 한 광주현대미술관 건립 사업 등은 단기적인 활성화 방안이라 할 수 있다. 차질없이 추진해야 됨은 두말할 나위 없다.

이외에도 기존의 광주 도심 활성화를 위해서 금남로에 조각의 거리를 만들고, 예술의 거리에 상설 공연장을 개설하는 문제, 충장로를 호남 패션 문화의 메카로 육성하는 방안 등도 우리의 관심을 끄는 부문이라 할 수 있다. 이미 중앙에 건의했던 농림부나 문화관광부 등 중앙 부처와 산하 기관, 공기업의 광주 유치도 정부와 정치권이 함께 나서 추진해야 될 사항이다.

驛舍 이전 등 장기적 대책도

이와 함께 중요한 것은 몇 십 년을 내다보는 장기적 안목에서 광주의 발전 계획이 세워져야 한다는 점이다. 아직도 논란을 빚고 있는 광주 역사(驛舍) 이전과 그 부지 활용 방안, 오는 2004년 무안 공항이 개항된 이후 광주 공항 존치 여부, 그 해에 개통될 호남선 전철 역사 위치와 도청 역세권 개발 등은 장기적 관점에서 광주 발전과 맥을 같이 한다는 측면에서 시급히 정책적 결정이 이뤄져야 될 사안이다. 이러한 과제들이 광주 활성화를 위한 대책 기구에서 활발히 논의되면서 여론을 수렴하고 대안을 제시해야 된다고 여겨진다.

이제부터서라도 우리는 광주 · 전남이 한 뿌리라는 데 인식을 같이하고 공동 번영과 발전을 위해 시 · 도민 모두가 힘을 모아야 할 때다. 광주는 광주대로 구도심과 함께 신도심의 발전 방향을 점검해야 하며, 전남은 그야말로 대 중국의 전진기지로서 환황해권 시대를 슬기롭게 맞을 준비를 갖추면서 공동으로 번영하는 방안들을 찾아야 될 때다.

2002. 01. 18.

심부름꾼

입춘(立春)이 지났다. 대기(大氣)엔 완연히 봄의 입김이 서려있다. 그러나 광주·전남의 관가(官街)는 여전히 서릿발이 몰아 치고 있는 듯하다. 감사원과 총리실, 그리고 광주시와 전남도가 공직자의 비리와 부조리 단속에 나선 때문이다.

이는 설을 앞두고 공직 비리의 발생을 미리 차단하려는 의도와 함께 6월 지방 선거를 겨냥하며 줄 대기와 편 가르기라는 부정적인 행태가 나타남에 따라 미리 그 싹을 잘라내야 될 필요성이 있기에 진행되고 있다한다.

공직 사회의 부조리는 어제 오늘의 문제만은 아니다. 역대 정권은 모두 공직자 비리 척결에 발 벗고 나섰지만 그 어느 정권도 성공하지 못했다. 사정(司正)의 칼바람이 불 때만 복지부동(伏地不動)한 후 그 바람이 지나면 다시 도지곤 한 탓이다.

국민의 정부에서도 마찬가지다. 지난달 19일 국무총리 자문기구인 정책평가위원회는 김대중 대통령도 참석한 '2001년 정부 업무 평가 보고회' 에서 부처별 공직자 비리 발생 및 처벌 실태를 보고한 뒤 '정부의 부패 방지 노력이 형식적' 이라고 지적했다.

이 보고서에 따르면 정보통신부는 자체 감찰을 통해 1만 1백 11명을 적발했으나 이 가운데 98%인 9천 9백 9명에게 주의·경고를 하는 데 그쳤다 한다. 그나마 기획예산처, 공정거래위는 자체 감찰을 통한 적발 및 징계 실적이 아예 없거나 미미한 것으로 드러났다. 부패 척결 주무 부서인 법무부·검찰 공무원의 비리 관련 징계는 지난해 1백 29건으로 2000년 89건보다 40건이 더 늘었다.

이와 관련하여 보고서는 '입찰 단속, 실명제 등 각 기관의 부패 방지를 위한 자체 제도 개선이 형식적이고, 일하는 공직 분위기 조성을 위한 대책도 자율적 참여보다 물리적 환경 개선에 치중하고 있다.' 는 평가를 했다.

정부의 지속적인 개혁 추진과 강도 높은 사정 작업에도 불구하고 일선 행정 기관은 형식적 대응에 그치고 있음이 밝혀진 것이다. 이는 행정 기관의 집단 이기주의적 행태가 부패를 뿌리뽑지 못한 요인의 하나로 드러난 셈이다.

김대중 대통령은 새해를 맞아 연두 회견을 통해 올해를 경제 회복과 국운 융성의 해로 삼자고 다짐했지만 우리의 현실은 구분하기도 힘든 여러 가지의 의혹 사건으로 점철된 '게이트' 란 수렁에 빠져 허우적거리고 있다 해도 과언이 아니다. 청와대 전 민정수석이 금품 수수 혐의로 구속됐고, 전 경제수석도 이형택 씨 사건 연루 혐의로 옷을 벗고 특검 조사를 받았다.

이처럼 우리 사회에 공직자들이 연루된 각종 게이트가 난무하고 있는 원인은 어디에 있는가? 김수환 추기경은 지난달 8일 감사원의 교양 강좌에서 그 원인을 '황금만능주의'라는 한 단어로 요약했다. 그는 경제 발전과 함께 부패가 심각해진 데 대해 "배금주의에 물들어 수단과 방법을 가리지 않고 돈을 벌려고 했기 때문"이라고 진단한 뒤 "투명한 사회의 도래를 위해서는 공직 사회의 청렴성이 중요하며, 세계화 시대에 이길 수 있는 가장 큰 힘은 기술력이나 개인적인 능력보다는 성실한 국민성"이라고 밝혔다.

사실 김 추기경의 진단이 아니더라도 우리 사회에 만연한 황금만능주의는 이미 치유가 불가능한 고질(痼疾)로 돼 버린 느낌이다. 더불어 공직자들, 특히 지역의 일부 공직자들의 안하무인적이고 권위주의적인 자세도 여전하다. 질서를 지키지 않고 특권 의식으로 군림하려는 태도도 가시지 않고 있는 경향을 더러 접하게 되는 까닭이다. 그것은 이 시대가 요구하는 공직자 상과는 너무 거리가 먼 것이라 아니할 수 없다. 아직 우리 공직 사회에는 구태의연한 사고(思考)에 젖은 관료들이 없지 않은 것이다.

공직자는 공복(公僕)으로서, 국민에 대한 봉사자로서의 역할을 잊지 말아야 한다.

조선의 성종 때 학자인 양성지(梁誠之)는 그의 눌제집(訥齊集)에서 '관리를 두는 것은 백성을 위한 것'이라고 그 존재의 의의를 설파했다. 정약용(丁若鏞)은 목민심서(牧民心書)에서 '목자는 백성을 위하여 존재하는 것이다. 애초에 이 세상에는 백성이 있었을 뿐이다. 거기에 무슨 목민자가 있었겠는가.' 라 했다. 공직자는 자신보다 백성을 우선해야 한다는 뜻이다.

우리의 공직자들은 다시 한번 선현들의 이 같은 가르침을 가슴에 새겨야 한다. 우리나라의 옛 속담에도 '벼슬아치는 심부름꾼' 이라 했다. 공직자들은 그들이 처음 공직에 발을 들여놓으면서 다짐했던 '공복으로서의 사명감' 을 되새겨야 된다. 그 같은 의식의 깨우침으로 인해 스스로 변화돼야 한다.

이와 함께 정부는 공직 사회에 신상필벌(信賞必罰)이라는 제도적 장치를 엄하게 적용함으로써 부정부패를 뿌리뽑는 노력을 기울여야 된다.

국민들도 공무원들을 이용하여 사익(私益)을 꾀하려는 작태를 버려야 함은 두말할 나위 없다.

2002. 02. 08.

지역 중소 기업의 젖줄

광주은행이 어려운 상황에 처해 있다. AT커니사가 한빛은행과 광주은행·경남은행이 전면적인 합병을 해야된다는 용역 결과를 발표한 때문이다. 정부의 공적자금을 지원 받은 이들 은행들은 지난해 12월 우리금융지주(주)가 은행 부문 기능 재편에 관한 컨설팅을 하여 그 결과에 따라 통합 등의 방안을 추진키로 했고, 지난 3일 AT커니사가 광주은행과 경남은행의 독자 생존을 인정치 않는 결과를 내놓은 것이다.

광주은행과 노조는 물론 즉각 AT커니사의 컨설팅 결과에 반발하고 나섰다. 광은 노조는 'AT커니사가 당초 제안했거나 중간에 발표했던 보고서와 최종 보고서의 내용을 달리하는 등 용역 결과를 왜곡해 광주은행 임직원에게 정신적 고통과 재산상 손실을 입혔다.' 면서 '모두 6억 원의 손해 배상 청구 소송을 제기하겠다.' 고 밝혔다.

용역을 의뢰했던 우리금융지주회사도 소액 주주의 동의 없이 상장이 가능하도록 상장 규정을 임의대로 바꾸어 소액 주주의 재산권 및 평등권을 침해했다며 이의 무효 소송을 내기로 했다.

이 같은 소송은 사법부에서 사실 여부를 가리겠지만, 결론적으로 말해 광주은행은 그 이름으로 존속해야 된다. 광주은행은 지난해 당기순이익이 663억 원을 기록했고, 지난 3월 말 결산 결과 306억 원의 이익을 낼 만큼 경영이 호전됐기 때문이다. 이 같은 순이익이 가능하게 된 것은 공적 자금 투입으로 부실을 털어낸 데 힘입은 바 크지만 지난 97년 이후 40%대의 행원 감원율이 말하듯 임직원들의 뼈를 깎는 구조 조정, 시중 은행과 차별화된 지역 특화 전략 추진 등 피나는 경영 개선 노력이 주효했던 것이다.

이에 따라 이 은행은 지난해 말 안정성, 수익성, 건전성 등 모든 부문에서 국내 다른 은행이나 OECD가입 선진국 은행(99년 평균 ROA:총자산 순이익률 0.7%)에 못지 않는 탁월한 경영 성과를 냈다. 순이익 부문을 보면 올해 1·4분기에 지난해 이익의 50% 정도를 기록했다. 총자산이익률도 지난해 말 1.07%에서 지난 3월 말 현재 1.75%로 증가했고 수익이 없는 여신 비율은 지난해 말 1.54%에서 지난 3월 말 현재 1.45%로 줄어들었다. 이러한 수치는 바로 광주은행의 수익성이 크게 개선돼 충분한 수익 모델을 갖고 있음을 증거한 것으로, 다른 우량 은행에 비해서도 손색 없는 실적인 것이다. 따라서 이 같은 수치를 신뢰할 수 있다면 광주은행의 독자적인 생존가능성은 큰 셈이다.

광주은행이 독자적으로 생존해야 될 필요성을 수치로만 계량(計量)하자는 것은 아니다. 현실적으로 이 은행은 설립 이래 30여 년 동안 우리 지역 중소 기업의 생명줄 노릇을 해왔기에 그렇다.

총대출금의 92% 이상인 3조 500억 원을 광주·전남 지역에 풀었고, 총

대출금의 73% 이상이 중소 기업 몫이었다.

이 같은 지방 은행이 한빛은행과 합병돼 시중 은행의 지역본부로 격하될 경우 재무 구조가 취약한 지역 중소 기업들에 대해 융통성 없이 자금을 회수, 지역 중소 기업의 자금 경색이 증폭되고 연쇄 도산, 실업 증가로 이어져 지역 경제가 심각하게 악화될 우려가 크리라 전망된다.

이는 단순한 기우가 아니다. 동남·대동·충청·충북은행 등이 퇴출될 때 이들과 거래하고 있던 5만 3천여 중소기업들이 자금 조달에 어려움을 겪어 무더기로 도산하고 말았다는 사례가 이를 입증하고 있는 것이다.

통합된 충청하나은행의 경우 하나은행의 충청지역본부 형태로 운용되고 있지만 대전의 지역 자금 역외 유출 비율이 높게 나타나고 있다는 것은 시중 은행의 지역 본부가 지방 은행의 기능과 역할을 충실하게 대신할 수 없음을 드러낸 것이다.

김대중 대통령이 기회있을 때마다 역설한 것처럼 지금은 지방시대다. 때문에 지역간 균형 발전과 지역 경제 활성화를 위해서라도 지방 은행은 있어야 한다. 물론 독자생존의 가능성이란 필요충분 조건을 갖추어야 됨은 두말할 나위 없다. 그렇다면 광주은행을 시중 은행에 합병시켜야 될 까닭이 없다.

지난 8일 김대중 대통령은 필자를 비롯 21명의 지방 신문사 사장들을 청와대에 초청 오찬을 함께 했다. 이 자리에서 필자는 광주은행의 독자적인 생존의 필요성을 건의했다. 김대통령은 '세계화 시대에서 국제 경쟁력이 없는 기업이나 금융 기관은 구조 조정을 통해 경쟁력 있는 기업이 되도록 정부가 지원해야 되는 것이 원칙이다. 그러나 지방 은행의 경우 독자적 생존이 가능하고 지역 경제 활성화에 도움이 된다면 지원하는 방안을 신중히 검토하겠다.'고 밝혀 전망을 밝게 했다. 비록 지방 은행에 공적자금이 투입됐다 해도 지역 중소 기업의 젖줄이자 지역 경제의 구심점 역할을 하고 있다는 점에서 광주은행은 반드시 그 이름으로 광주에 존속해야 된다.

2002. 04. 12.

썩어 가는 '풀뿌리'

지방 선거전 카운트 다운이 시작됐다. 21세기 들어 처음 실시되는 풀뿌리 민주주의를 위한 선거다. 지난 29일까지 등록을 마친 후보들은 철 이른 무더위 속에 한 표를 호소하며 비지땀을 흘리고 있다. 세기적 스포츠인 월드컵 열기에 묻힐 우려도 없지 않지만 앞으로 4년 동안 우리의 지역 살림을 꾸려가고 이를 견제할 지역 일꾼을 뽑는 '귀중한 선거'가 시작된 것이다.

'위대한 시민 정신'에 먹칠

지방자치제는 흔히 풀뿌리 민주주의라고 한다. 지역 주민들의 살림을 관장하면서 살기 좋은 고장으로 만드는 가장 기본적 단위의 선거이기 때문이다.

그러나 지나온 세월 우리의 지방자치제는 '썩어가고 있다.'는 비판에 직면해야 됐다. 16개 광역 단체장 가운데 6명이 비리 혐의로 사표를 내거나 재판을 받았고 일부 기초 단체장과 지방 의원들은 인사·공사와 관런 끊임없이 잡음을 일으켰다.

우리는 이번 '6·13 지방 선거'에 기대를 걸었다. 과거 밀실공천이란 비난과 함께 '돈 공천'으로 손가락질 받았던 정당 공천도 주민경선제란, 투명성이 보장된 상향식 공천으로 바뀌었기에 종전과 다르리라 여겼다. 그것은 '돈 공천'의 사라짐을 의미한다고 보았기 때문이다. 그러나 대선 경선과는 달리 지방자치제를 위한 주민경선제는 결과적으로 안 하는 것만 못할 정도로 주민들을 실망시키고 말았다.

주민경선제, 그것은 민주주의적인 공천으로서 진일보한 방식임에는 틀림없다. 그러나 그 같은 제도가 성공하기 위해서는 참여한 당사자들이 그 결과에 승복한다는 전제가 반드시 따라야 했다. 물론 빈틈 없는 준비도 필요했다. 하지만 경선이 끝난 뒤 몇 개 지역을 제외하곤 대부분의 탈락한 경선 후보들이 이에 불복하고 무소속으로 출마함으로써 경선은 그 빛을 잃어버렸다. 불복의 이유는 '위원장의 줄 세우기' '돈 선거' 등이었다.

어떤 이유를 대건 그들은 경선에 참여했던 유권자들의 뜻과 약속을 저버린 셈이 됐으니 신뢰감을 잃었다는 비난을 받아도 할 말이 없게 됐다. 또 다수의 결정에 승복한다는 전제에서 비롯된 민주주의의 기본 원칙을 깨뜨렸다는 비판도 감수해야 된다.

그뿐 아니다. 우리는 이번 지방 선거는 돈 안쓰는 선거이길 바랐다. 그런데도 오히려 돈의 위력이 더 기승을 부리고 있다는 결코 바람직하지 않은 이야기들이 오가고 있다. 전남의 어느 지역 기초 단체장 후보 경선에서 한 후보 측이 1인당 50만~200여 만 원씩을 돌린 혐의로 구속된 사례가 말해주듯 돈 씀씀이와 그 단위가 우리의 상상을 초월하고 있다는 것이다.

한때 민주당 광주시장 후보로 선출된 모 후보측이 광주 지역 모 국회의원에게 금품을 제공했으나 이를 돌려주었다는 '취중 발언'이 나와 검찰이 촉각을 곤두세우고 있는 것을 보면 분노의 감정마저 일 정도다.

더군다나 광주시장 후보 공천을 둘러싸고 벌어졌던 민주당의 행태도 광주의 민심을 제대로 읽지 못한 듯 했다. 민주당은 마지막 순간 광주 지역 출신 국회의원을 후보로 공천했지만 경선 당선 후보의 처리 문제를 놓고 벌인 갈지(之) 자 행보는 차마 눈뜨고 보기가 민망했다.

결과적으로 중앙당의 결정이 늦어짐에 따라 경선 당선자나 차점자 모두 탈당의 시기를 놓쳐 시민들의 심판을 받을 기회마저 잃어버렸다.

선거 공영제 도입 시급

광주는 지난 3월 대선 국민경선에서 전남 출신 후보가 아닌 영남 출신 후보를 선택해 노풍(盧風)을 일으킨, '위대한 선택'을 한 민주 성지였다. 그럼에도 이번 시장 경선을 매끄럽게 마무리 짓지 못해 위대한 시민 정신에 먹칠을 하고 만 것이다. 광주·전남개혁연대 등 시민·사회 단체들이 "불공정 경선과 돈 경선으로 얼룩진 민주당은 광주 시민들의 자존심 회복을 위해 특단의 처방을 마련해야 한다."고 주장한 데서도 광주의 민심을 엿볼 수 있다.

민주당을 비롯 정당들은 이제 '돈 선거'란 오명을 벗기 위한 '특단의 처방'을 내놓아야 된다. 주민경선제를 택해 '돈 공천'의 오명에서는 벗어났지만 경선 자체에 돈을 퍼부어 본 선거를 포함 결과적으로 더 많은 선거 자금을 쓰게 된다는 우려가 큰 때문이다. 따라서 완전한 선거 공영제 도입을 서둘러야 된다. 모든 선거를 국가에서 관리해주는 제도가 바로 완전 선거 공영제이다. 따라서 이 제도가 정착되면 정치인들은 검은 돈의 유혹을 받을 필요가 없다. 그동안 돈이 없어 정치를 꺼려했던 참신한 인물도 정치권 수혈이 가능해진다.

물론 완전한 선거 공영제를 도입하려면 정치 자금의 투명성을 보장하기 위한 법과 제도의 정비가 선행되야 한다. 그래야 검은 돈의 흐름을 파악할 수 있어 감시가 가능해지고 정치인들이 돈 마련을 위해 비리와 부정을 저지르지 않고 깨끗한 정치를 하게 되리라 여겨진다.

2002. 05. 31.

민주 聖地에서 일군 4강 신화

작열하는 6월의 태양도 숨을 멈추었다. 아니, 한민족 4천 7백 만 명이 숨죽이며 홍명보 선수의 승부차기를 지켜보았다. 그의 발을 떠난 공이 그물을 철렁이는 순간 지축을 뒤흔드는 함성이 한반도를 울렸다. '이겼다'는 승리의 함성이었다.

태극전사 11명은 사력(死力)을 다한 투혼을 발휘하며 그렇게 월드컵 4강 진출이라는 기적을 일궈냈다. 그것도 민주의 성지 광주에서 믿기지 않는 신화를 만들어 낸 것이다. 그들은 전후반 90분에 이은 30분의 연장전까지 120분 간의 피 말리는 사투 끝에 승부차기로 무적함대 스페인을 침몰시키고 말았다. 광주 금남로를 가득 메운 10만 명을 비롯 서울 시청 앞 광장 80만 명, 부산역 앞 30만 명 등 전국 곳곳의 500만 명의 거리응원단을 포함한 4천 7백 만 명의 국민적 성원에 보답해 우리의 용사들은 그처럼 뿌듯한 승리의 감격을 안겨준 것이다.

거침없이 써 나간 새 역사

꿈에도 생각치 못한 4강 신화였다. 우리의 월드컵 진출 48년 사상 첫 승에 이은 16강 진출이 우리의 소망이었을 따름이었다. 그러나 대한 건아들과 명장 히딩크는 폴란드를 잠재우면서 첫 승의 기록을 이루고 나서 미국을 건너 뛰더니만 포르투갈을 제물로 삼아 거뜬히 16강의 금자탑을 세웠다. 그들은 내친 김에 강력한 우승 후보인 아주리 군단 이탈리아마저 117분의 혈투를 벌이면서 무릎을 꿇리고 8강의 새 역사를 거침없이 펼쳐 나갔다.

그때마다 전국의 거리엔 붉은 악마와 함께 하는 붉은 응원 물결이 파도치면서 감격의 역사 쓰기에 동참하는 국민들도 늘어났다. 젊은이들만의 전유물이 아니었다. 나이든 분들도, 가정주부들도 한마음 한뜻이 돼 '대~한민국', '오! 필승 코리아' 를 목이 터져라 외치며 그라운드에서 지쳐 가는 태극전사들에게 힘을 불어넣어 주었다.

그리고 그들은 마침내 막강 스페인 함대를 120분 간의 혈전에 뒤이은 승부차기에서 격침시키고 세계 축구 강국으로 우뚝 서는 쾌거를 이루어 낸 것이다.

그렇다. 우리는 해냈다. 축구의 변방을 떠돌며 번번이 예선전에서 탈락하던 '비운의 코리아' 가 당당히 축구 강국으로 떠오르며 월드컵 사를 새롭게 작성하는 놀라운 저력을 보인 것이다.

사실 우리는 지난 97년 국제통화기금(IMF)체제에 예속되면서 그 얼마나 좌절을 맛보았던가. 1인당 국민 소득 1만 달러를 눈앞에 두고 허물어져 내리면서 그 얼마나 피눈물을 흘려야 했던가. 동료들이 눈물을 흘리며 직장을 떠나야 했던 그 짙은 슬픔과 회한의 세월들은 우리에게 개인주의와 냉소주의를 함께 안겨다 주었다.

그런데도 우리는 단 3년여 만에 거뜬히 IMF의 질곡에서 벗어났다. 그리고 월드컵을 성공적으로 치르면서 지금 4강 신화의 각본 없는 드라마를 썼고 그리고 그 승리의 기관차는 오는 28일 서울 상암 경기장에서 결승 진출이라는 또 다른 기록을 향해 달려가고 있는 것이다.

국운 융성의 기폭제 삼아야

우리는 이번 월드컵 경기를 통해 우리 민족의 무한한 가능성과 저력을 세계 60억 인구에게 또렷하게 각인시켜 준 셈이다. 우선 푸른 그라운드를 야생마처럼 누볐던 우리의 태극전사들은 후반전부터 급격히 체력이 떨어지는 무기력함에서 벗어나 강한 체력으로 오히려 유럽의 스타급 선수들에게도 전혀 뒤지지 않은 강한 면모로 바뀐 놀라움을 보여주었다. 또 이탈리아와 117분의 피투성이가 되는 싸움을 펼치고 나서 채 체력이 회복되지 않았음에도 4일 만에 스페인을 맞아 120분을 겨루는 강인한 체력을 세계에 떨치는 투혼을 보여 주었다. 그것은 '오직 해내겠다.'는 강한 정신력이 밑바탕임은 두말할 나위 없다. 우리 조상 대대로 전해 내려온 끈기가 이번 광주 4강 전에서 그대로 드러난 셈이라 해도 좋지 않겠는가.

스페인전을 끝낸 뒤 히딩크 감독도 '이번 승리는 선수들의 정신력 때문이었다. 회복이 안돼 체력은 잃었지만 우리 선수들의 정신력은 더 강해졌다. 우리 선수들이 장하다.'고 태극전사들의 투혼을 극찬하지 않았던가.

우리는 이번 승리의 또 하나의 주역으로 당연히 히딩크 감독을 꼽지 않을 수 없다. 한때 '5 대 0'이란 치욕의 별명을 들으면서도 사령탑을 맡은 1년 2개월 동안 묵묵히 자신의 의지대로 선수들의 체력과 조직력을 키우면서 멀티플레이어로 길렀다. 학연 지연 등은 그의 관심 밖이었고 오직 실력 우선으로 선발했다. 이 같은 그의 훈련 방법은 이 시대 기업 경영자들과 국가 지도자들에게 귀감이 되고 있기도 하다. 그는 비난에도 한 마디 변명을 하지 않았다. 조국 네델란드의 한 언론과 인터뷰를 하면서 우리의 조급증을 탓하며 '월드컵에서 세계를 놀라게 하겠다.'는 한 마디로 그의 고독을 달래었다. 절체절명의 순간에도 공격수를 더 늘리는 등 상대방 의표를 찌르는 용병술 또한 찬탄의 대상이 되었다.

우리는 이번 월드컵에서 또 하나의 소중한 자긍심을 안게 되었다. 자신감을 얻으면서 길거리 응원을 통해 그동안 잊고 살았던 이웃을 되찾고 우리 민족이 운명공동체라는 단결심을 뿌리 내리게 했다는 점이다. 수십만 명이 붉은 색 한 가지 유니폼을 입고 거리에 모여 한마음 한뜻으로 질서 있게 우리 선수들을 응원하는 그 응집력과 열기는 21세기의 새로운 응원 문화를 꽃피운 것이며 우리 민족의 새 역사 창조를 위한 근원이라 해도 결코 지나치지 않으리라 여겨진다.

우리는 이제 새로 펼쳐진 월드컵 역사처럼 그 응집된 민족의 저력을 국운 융성에 결집시켜 가자. 월드컵 축구 경기에서 승승장구하는 태극전사들을 응원하던 마음으로 영남이나 호남이나 충청도라는 지역 색을 없애고 모두 붉은 태극전사의 모습으로 꾸몄듯 한마음이 돼 세계사의 주역이 될 한민족의 위대한 새 역사를 써 나가자.

2002. 06. 24.

월드컵이 준 메시지

월드컵 열기가 휩쓸고 간 우리나라엔 지금 7월의 폭염이 한창이다. 그러나 아직도 지난 6월의 '4강 신화' 감격을 잊지 못하고 있다. 환청인 양 붉은 악마의 함성과 그라운드를 누비던 태극전사들의 가쁜 숨소리가 귓가를 스친다.

우리의 의식과 감정엔 '4강 신화'를 이룬 감격이 용해돼 있다. 뿌듯한 자신감, 한 민족이 한마음 한뜻이 됐다는 정체성(正體性)이 그대로 체세포에 녹아든 것이다.

1등 제품 생산에 최선을

그러나 언제까지 과거에만 매달려 있을 수 없다. 황홀했던 지난날의 꿈만 되뇌이기에는 세계의 변화의 물결이 너무 빠르다. 이제 그만 달콤한 추억을 접고 현실을 바라보아야 된다. 지금이 바로 그때이다.

2002년 월드컵을 일본과 공동으로 개최한 우리나라의 캐치프레이즈는 '다이내믹 코리아'였다. 지난 98년 월드컵 개최국인 프랑스가 '새로운 프랑스'를 내걸고 문화 중심에서 산업과 기술을 앞세운 프랑스란 이미지를 만들겠다는 의지를 보였던 것처럼, 우리도 역동적인 한국을 창출하겠다는 뜻을 펴 보였다. 하이테크를 바탕으로 하는 정보기술(IT)강국, 동북아 경제의 중심국으로 발돋움하겠다는 의욕을 보인 것이다. 이는 어느 정도 성공을 거둔 셈이라 할 수 있다. 월드컵 4강 신화를 창조하면서 국가와 우리 기업의 브랜드가 업그레이드된 때문이다. 현대경제연구원은 월드컵 4강의 직접적 소비 진작 효과가 3조 7천억 원이 되는 것으로 추산했다.

그러나 체감 경기는 기대를 밑돌았다. 응원단의 열기로 티셔츠 등 일부 의류 제품만 불티나게 팔렸을 뿐이라는 게 업계의 분석이다. 관광 수입도 마찬가지로 저조했다. 특히 광주의 경우 중국 팀의 경기가 있어 '중국특수'를 기대했으나 그 결과는 실망스럽다는 보도였다. 이처럼 당장의 월드컵 경기에 따른 손익 계산서는 마이너스로 나타났다.

그러나 월드컵 경기의 중계 방송을 통해 세계에 우리의 저력과 문화 등을 알림으로써 얻은 한국이란 국가 브랜드의 긍정적인 홍보 효과는 결코 얕잡아 보아서는 안 된다는 평가이고 보면 6월 한 달의 대차대조표에 울상 지을 필요는 없을 듯하다.

현대경제연구원측이 우리나라 국가브랜드 홍보 효과는 광고비로 환산할 경우 60억 달러(7조 2천억 원)에 이르고 인지도 상승도 120억 달러에 달할 것으로 추산된다고 밝힌 것을 보면 결코 밑진 장사는 아니었던 셈인 때문이다.

문제는 이 같은 열매를 따먹기 위해서는 부단한 노력이 계속돼야 한다는 점이다. 멕시코가 지난 86년 월드컵을 치르고서도 경제적 후진국으로 떨어지고 만데서 우리는 반면교사의 참 가르침을 배워야 한다. 우리 기업들은 기술 투자와 고급 인력 확보에 주력하여 세계 1등 제품을 만들어야 된다는 사명감을 가져야 된다. 그래야 수출 시장에서 경쟁력을 갖게 되고 내수 시장의 효율화를 기할 수 있기 때문이다. 이 같은 여건을 충족시키지 못한 채 축구 4강 신화의 꿈에만 젖어 있다간 우리 경제는 또 한 번 깊은 나락에 떨어질 수밖에 없다.

국민적 자신감 열매 맺도록

이와 함께 가장 요망되는 부문이 정치의 안정, 정치의 선진화라 하겠다. 월드컵 4강 신화를 창조하면서 얻은 국민적 자신감을 미래의 비전에 접목시켜 그 열매를 맺도록 하는 작업은 정치권의 몫이라 해도 과언은 아니다.

그런데도 월드컵 이후 우리 정치권의 모습은 '정권 다툼에 골몰' 한 인상에서 벗어나지 못하고 있다. "정치는 16강은커녕 32강 수준에도 못 미친다."는 자조적인 탄식이 나올 정도다. 8·8국회의원 재·보선 그리고 12월의 대선을 겨냥한 채 제1당과 제2당은 정쟁을 일삼는 모습으로 국민들에게 투영되는 행태를 보이고 있는 것이다. 국민들의 그 놀라운 나라 사랑과 응집력일랑 무시한 채 상대편을 깎아 내리고 '대통령 유고' 운운하며, 곁들여 여성을 비하하는 듯한 발언을 하는 등 국민들에게 혐오감만 일으키는 행태를 보이고 있는 것이다.

때문에 우리는 정치권의 총체적인 개혁을 요구하지 않을 수 없다. 그리고 정치권 스스로 이를 이루지 못한다면 월드컵 4강 신화를 만들어 내는 원동력의 하나였던, 국민적 일체감을 보였던 그 저력으로, 국민들의 힘으로 정치권을 개혁해야 한다. 그것은 전국 곳곳의 광장에 몰려들어 한마음 한뜻으로 태극전사들을 성원했던 그 힘으로 참정권을 행사하여 이 시대에 맞지 않는 정치인들을 과감하게 표로써 도태시키자는 의미이다.

지난 6월의 월드컵은 우리에게 여러 가지 메시지를 전한 대회였다. 그 중에서도 국민의 통합된 에너지를 보여준 것은 그 무엇보다도 값진 것이었다. 그 같은 에너지를 국가 발전의 동력으로 끌고 가기 위해서는 사회 각계 각층의 꾸준한 노력이 필요하다. 우리 모두 그 같은 명제에 동참해야 복지 선진 국가를 이루려는 우리의 국가적인 '꿈은 이루어진다'.

2002. 07. 19.

통일의 디딤돌

어제는 광복 57주년이 되는 날이었다. 우리 민족은 그 어느 해보다도 더 뜻 깊은 광복절을 보냈다. 그것은 분단 이후 처음으로 서울에서 열리고 있는 '8·15민족통일대회'에 북한 동포 116명이 참가한 때문이다. 남북의 민간인들이 한데 어울려 조국 광복의 기쁨을 나누고, 민족의 화해와 평화 통일의 디딤돌 역할을 자임하는 행사가 오는 17일까지 열린다.

뜻 깊은 8·15 공동 행사

더군다나 14일엔 남북장관급회담에서 10개 항의 합의문을 발표하는 성과를 거두기도 했다. '남북 화해와 평화 공존'을 위한 역사의 궤도를 달려야 되는 수레의 두 바퀴인 당국자와 민간 교류가 급물살을 타고 있는 것이다.

물론 남북장관급회담의 합의 사항은 기대에 못미치는 부문도 없지 않다. 특히 군사당국자 회담을 조속히 개최한다고만 한 점이 그렇다. 북한

측은 경제 협력에 더 큰 관심을 갖겠지만 우리 입장에선 그 어느 것보다
도 더 중요하다고 여기는 부문이 바로 군사당국자 회담이라 할 수 있다.
그것은 바로 우리 측에 의해 비무장지대 남한측 관할 지역에 건설된 경
의선이 도라산역에서 더 이상 북으로 뻗어가지 못한 채 중단되고 있다는
점과 함께 다시는 서해 교전 사태와 같은 무력 도발이 일어나지 않기를
바라는 여망 때문이다.

그렇기에 추석을 계기로 하여 이산 가족이 상봉을 하고, 다음달 초 남
북적십자 회담이 열리며, 아시안 게임을 비롯한 축구대회, 태권도시범단
교환 방문 등 몇 가지 일정이 합의됐다 하지만 아쉬움을 표하지 않을 수
없는 것이다.

그러나 '첫술에 배부를 수 없다.' 는 속담처럼 마냥 아쉬움만 토로하고
있을 수는 없다. 나무만 보고 숲을 보지 못하는 어리석음을 저지를 수도
있다는 뜻이다. 때문에 당국자간의 회담은 지속돼야 하며, 합의 사항에
대한 북한측의 성의 있는 실천을 촉구한다.

또 한편으로는 남북 관계가 당국자간뿐 아니라 민간인 차원에서도 활
발히 이뤄지고 있다는 점에서 한가닥 안심이 되기도 한다.

이번 서울의 8·15민족통일대회만 해도 최초로 북한의 사회·종교·
학술·문화·예술 등 각계 단체 핵심 인물을 포함하여 116명이 참가했
다는 점에서 이 같은 민간 차원의 교류가 계속된다면 분명 북한에도 변
화의 물결이 일어나리라 기대해 보는 것이다.

'백문(百聞)이 불여일견(不如一見)' 이란 말도 있듯 북한의 민간인들
이 우리나라를 직접 눈으로 본다면 분명 그들의 눈을 통해 그들의 가슴

과 뇌리엔 민주주의와 자본주의 사회의 발전이 각인될 것이다. 때문에 이번 당국자 회담이 당초 국민들의 기대에는 미치지 못했다 해도 우리는 실망하지 않는다.

이와 함께 지금 서울에서 열리고 있는 민족통일대회도 결코 사시(斜視)로만 볼 필요는 없다고 여겨진다. 설혹 그들이 예기치 못한 돌출 행동을 한다 해도 우리의 민주 의식이나 국가 의식은 결코 흔들림이 없다고 자부하기 때문이다. 이제 그만한 역량은 갖추었다고 믿는 것이다. 그들을 따뜻하게 안아주고 한국의 경제력과 활기찬 민주 시민의 모습들을 보여주는 것 그 자체만으로도 큰 성과를 얻게 된다고 여기는 까닭이기도 하다.

통일 초석 놓는 심정으로

북한이 최근 남북 교류에 적극적인 것과 관련해 "서해 교전으로 생긴 반북(反北) 여론을 친북(親北) 여론으로 전환해 대북 경제 지원 여건을 조성하기 위한 것"이며 "화해무드를 조성해 다음 정권도 햇볕 정책을 이어받도록 하는 한편 대선에 일부 영향을 주기 위한 것일 것"(송영대 전 통일원 차관)이라는 분석을 하는 인사들도 없지 않다. 그러나 이 땅에 화해 무드가 조성돼서 해로울 것은 없다. 또 다음 정권이 햇볕 정책을 이어가는 것도 한반도 평화와 안정을 위해서는 반드시 필요한 일임에 틀림없다. 우리가 이 같은 화해 무드를 백안시하거나 찬물을 끼얹을 이유는 없다.

특히 정치권이 대선과 연관시켜 남북 관계를 정략적으로 이용해서는 남북의 평화 공존에 아무런 득이 되지 않음을 명심해야 된다, 대국적 차원에서 민족의 오랜 숙원인 통일의 초석을 놓고 있다는 관점에서 이를 지원해야 한다. 이 시대를 살고 있는 정치인들은 여야를 떠나 이 같은 소명(召命)에 부응해야 될 책무가 있는 것이다.

그런 의미에서 이번 서울서 열리고 있는 민족통일대회는 성공적으로 마무리돼야 한다. 정부 당국으로부터 북한 주민 접촉의 승인을 받지 못한 인사들은 이번 행사가 성공적으로 마무리되길 바라는 뜻에서도 자중해야 된다. 보수 단체들도 관망하는 자세로 이들의 행사를 지켜보았으면 한다. 이로 인해 남남의 갈등이 증폭된다면 그것은 오히려 북측에 이로울 뿐이다. 민족의 염원인 통일을 다지는 디딤돌 한 장씩을 놓는 심정으로 성공적인 만남이길 기대해 보자.

2002. 08. 16.

합리적 접점

9월 정기국회가 열렸다. 국회는 이제 올 한 해 동안 이뤄진 국정을 감사하고 새해 예산을 확정하며 입법 활동을 하는 등 그 어느 때보다도 활기찬 시기를 맞았다. 그러나 올해도 예년과 다름없이 지방자치단체에 대한 국정 감사를 둘러싸고 지자체와 국회가 첨예하게 대립 양상을 보이고 있다. 지자체는 국회의 감사를 거부하고 있고, 국회는 이를 강행하겠다는 입장이어서 뜻밖의 불상사도 우려되고 있는 실정이다.

우려되는 물리적 충돌

국회는 오는 16일부터 10월 5일까지를 국정 감사 기간으로 정하고 정부 부처뿐 아니라 지자체에 대해서도 국감 자료를 요청해 놓고 있다. 그러나 전국 16개 광역 단체장 모임인 전국시도지사협의회는 지난달 26일 '지자체 국정 감사 개선 건의문'을 채택해 국회와 행자부에 보냈다. 국감은 국가 위임 사무에 국한돼야 하며 지자체의 고유 업무는 제외해야 한다고 건의한 것이다.

이와는 별도로 지자체 공무원 단체인 전국 16개 시도 공직협은 국감을 아예 전면 거부키로 하면서 각 지자체에 국회의원의 자료 제출 요구를 거절토록 했다. 공직협은 국감장 봉쇄, 국감 내용 녹취, 국정 감사 및 조사에 관한 법률(국감법) 위반 의원 고발 등 '국감저지행동계획'을 마련하여 국감 거부 투쟁 수위를 높이기로 했다.

이들은 국정 감사 및 조사에 관한 법률 제7조에 특별시·광역시·도의 고유 업무에 대한 국감은 '지방 의회가 구성돼 자치적으로 감사 업무를 시행할 때까지 한한다.'고 명시된 점을 국감 거부 근거로 든다. 지난 91년 지방 의회가 구성돼 지자체 감사를 해오고 있으므로 국회는 지자체 고유 업무에 대해 감사를 할 수 없다는 주장이다.

더군다나 국회의원들의 요청하는 자료를 준비하다보면 다른 업무가 마비될 정도라는 주장도 편다. 3년이나 5년 간의 자료이거나 구체성 없이 추상적인 내용의 자료들을 요청하는 경우도 많다는 것이다.

한국정치학회에 의하면 지난해 서울시에 대한 국정 감사 요구·질의 자료 3천5백10건을 분석한 결과 지자체 고유업무가 67%나 됐다고 한다. 실질적 시행 주체를 따지면 86%에 이른다는 것이다. 따라서 '길들이기를 위한 국감'이라는 비판도 서슴지 않는다. 전남경찰청 같은 곳은 국민의 정부 들어서 5년째 국감 대상 기관으로 지목됐다. 통상 경찰청의 경우 서울과 경기청을 제외하고 격년제로 실시하는 것이 관례였건만 유독 전남청은 해마다 빠지지 않고 포함돼 '특정 지역 견제 아니겠느냐.'는 비판이 나오고 있다. 더군다나 11명의 의원들이 159건이나 되는 자료를 요청해 일상적인 업무는 손도 대지 못한 채 국감 자료에 매달리고 있다는 것이다.

물론 이에 대해 국회측도 할 말은 많다. 지자체에 지원한 국민들의 혈세가 어떻게 쓰여지고 있는지 감시하는 것은 국회의 의무라는 것이다. 지자체가 국고 지원을 받고 있는 한 국회 감사는 반드시 필요하다는 주장이다. 지방 의회와 국회의 감사가 중복된다는 데 대해서는 '지자체와 지방 의회가 밀착돼 제대로 견제가 이뤄지지 않는 곳도 없지 않으며 국회의원들도 일선 현장에 가서 현황을 파악해야 법률이나 예산을 제대로 다룰 수 있다.'고 항변하고 있다. 그러면서 국감을 거부하는 지자체에게는 예산 지원 축소 등으로 강력히 대응해야 한다는 반응을 보이고 있다.

국가 · 지방 사무 구분돼야

지자체나 국회의 주장은 모두 일리가 있어 보인다. 지자체 고유 사무에 대한 국감과 방대한 자료 제출 요구는 국회가 한번쯤 되새겨 볼 대목이다. 그러나 국고 지원에 대한 국감 또한 정당한 주장이라 여겨진다. 대검 중수부의 자료에 의하면 지난 98년 8월 이후 지난 8월 말까지 선거법 위반을 제외한 각종 비리 혐의로 기소된 자치 단체장은 59명인 것으로 나타났다. 이는 전국 자치 단체 2백48개(광역 16개 · 기초 2백32개) 중 네 곳당 한 곳의 자치 단체장이 부정부패와 관련돼 기소된 것을 뜻한다. 이 같은 상황에서, 지방 의회가 지자체와 밀착돼 지자체 감시를 소홀히 한다면 당연히 국회가 나서야 한다는 논리도 설득력이 있는 셈이다.

결국 국회나 지자체는 합리적인 접점을 찾아야 된다. 우선 구분이 애매한 국가 사무와 지방 사무에 대해 법령으로 명확히 규정하는 작업을 서둘러야 한다. 물론 불필요한 자료 요구도 자제해야 된다. 국회는 국감 대신 특정 사안에 대해 조사를 하는 국정조사권의 도입도 검토해 볼 필요가 있다.

지자체의 경우 재정 독립을 통해 국감의 필요성을 줄이는 노력을 기울여야 하며 투명한 행정과 재정 지출로 신뢰를 받아야 된다. 지방 의회도 본래의 감시 기능에 투철해야 한다.

국감을 놓고 볼썽사나운 물리적 충돌은 피해야 한다. 지자체와 국회는 한발 물러서 무엇이 국가와 민족을 위한 길인지 진지하게 고뇌해야 된다.

2002. 09. 13.

화해의 훈풍

요즈음 들어 남북 관계는 그 어느 때보다도 화해와 교류의 기운이 넘치고 있다. 분단 이후 최초로 북한 선수단이 부산 아시안 게임에 참석을 했고, '미녀 응원단'이 경기장을 누비며 볼거리를 제공하는 등 남북 관계는 우리의 눈을 의심할 만큼 급속도로 진행되고 있다.

햇볕 정책의 可視的 효과

최근 들어 이 같은 남북 관계의 변화는 김대중 대통령의 햇볕 정책이 성공적이었음을 나타낸 것으로 풀이되고 있다. 물론 한나라당은 '40억 달러의 대북 지원설' 등 의혹을 제기하고 있으며, 이러한 남북 관계를 사시(斜視)로 바라보고 흠집을 내려는 시각도 없지 않기는 하다. 그러나 비뚤어진 사고(思考)나 정략적인 측면과 거리를 두고 있는 대부분의 국민들은 남북의 화해 · 협력의 모습을 반기고 있다.

지난 7일 김 대통령의 초청으로 청와대에서 있었던 전직 대통령, 3부 요인 및 헌법기관장 오찬 회동에서 전두환 전 대통령이 펼했던 햇볕 정책의 성과는 바로 그 같은 국민 대다수의 뜻을 전한 것이라 해도 과언이 아니다. 전두환 전 대통령이 누구인가? 바로 군출신이자, 미안마 아웅산 폭발 사건으로 수많은 각료들을 잃은 대통령이 아니었던가? 그러한 그가 이날 "김 대통령의 재임 기간 중 대북 정책 노력의 성과가 눈에 확연히 보이고 있다."고 평가하면서 "북한이 점차 이렇게 변화해 나가면 앞으로 극단적인 행동을 하지 못하게 될 것"이라 했다. 덧붙여 "대통령의 대북 정책은 이미 큰 성과로 나타나고 있다. 여러 가지 말들이 나오지만 원래 말은 있게 마련"이라고 강조했다.

그의 평가는 합당한 것으로 여겨지며 '여러 가지 말들이 나오지만 원래 말은 있게 마련'이란 표현도 근래 한나라당에서 제기하고 있는 '대북 지원 의혹'들을 겨냥한 것 같아 시의적절한 언급이라 할 수 있다.

북한은 지금 눈에 띄게 변화를 하고 있건만 우리의 일부세력들은 여전히 구태의연한 냉전적 사고로 남북 관계를 재단하고 있다는 의심을 떨칠 수 없다. 남북이산가족상봉, 경의선·동해선 철도·도로 연결 공사 착공, 추석 무렵 KBS교향악단과 북측 조선국립교향악단의 평양 협연, MBC의 우리 가수들의 북한 공연 등은 분명 우리가 북한 땅에서 이뤄낸 값진 통일에의 초석 놓기였다. 이에 뒤질세라 북한은 전격적으로 부산에서 열리고 있는 아시안 게임에 참가하여 남북 선수들이 함께 입장하는 모습을 전 세계에 선보였다. 어디 그뿐인가. 그들은 만경봉 92호에 288명의 아리따운 여성 응원단을 싣고 부산 다대포항에 입항한 뒤 경기장마다 이들이 열띤 응원전을 펼침으로써 볼거리를 제공하는 등 또 다른 통일에의 가교(架橋)를 놓고 있는 것이다. 이처럼 남북 관계는 우리의 상상을 초월할 정도로 심도 있게 진척되고 있다.

이와 함께 북한 자체의 변화도 빠르게 진행되고 있다. 지난 7월 1일 '경제 관리 개선 조치'로 경제 개혁을 꾀해 독립채산제와 같은 책임제를 도입하고 인센티브를 강화했으며 협동 농장도 구조를 조정하여 노동자를 고용하는 기업으로 변모시켜 나가고 있다. 기업에 돈을 빌려주는 상업 은행도 내년 초부터 운영한다고 한다. 스탈린식 현물 사회주의와는 달리 화폐와 가격의 기능을 복권시키고 있는 것이다.

지난달 일본 고이즈미 총리를 맞은 김정일 국방위원장은 일본인 납치 사실과 괴선박 사건에 대해 솔직히 시인하고 재발 방지를 약속하는 파격적인 자세를 드러내기도 했다. 특히 북한은 신의주특별행정구역 설치를 발표하는 등 개혁·개방에도 의욕을 보이는 있어 지금 한반도엔 변혁의 물결이 밀려오고 있는 셈이다.

통일 초석 다지기에 동참을

그런데도 국내에선 남북 관계에 결코 바람직하지 않은 내용들이 '대북 지원 의혹설'이란 꼬리표가 붙어 제1당에 의해 제기되고 있고 일부 언론은 때를 만났다는 듯이 이를 부풀리는 보도를 하고 있다. 물론 이들이 주장하는 것처럼 남북 정상회담 성사를 조건으로 금품이 제공됐다면 이는 비난받아 마땅하다. 그러나 그 같은 사실이 없다면 남북 관계만은 정략적인 접근을 피해 통일이라는 민족적 소망을 담보로 한 시각으로 보아야 된다. '설사 북측에 그 같은 자금이 지원됐다 해도 그것은 통일비용에 해당되지 않겠느냐.'고 정치권에 항변하는 시민들의 목소리에 귀기울여야 한다.

21세기는 이제 이념의 장벽을 허물고 화해와 평화 속의 공존을 추구하고 있다. 사회주의 국가인 중국, 베트남, 캄보디아 등도 '사회주의 장막'을 들추고 시장 경제 원리를 도입하며 백성들이 배불리 먹도록 하는 장치를 갖추고 있다. 이런 때일수록 서로 헐뜯고 발목 잡는 것을 지양해야 하며, 서로가 과거를 인정하고 좋은 얘기를 주고받아야 한다. 앞으로 대통령이 되겠다고 나서는 인사들은 이 같은 아량과 금도(襟度)를 지니고 한반도 통일에 대비해야 된다. 지금 한반도는 화해와 교류의 훈풍에 휩싸여 있다. 이를 거슬러 역사의 죄인이 되지 않기를 바란다.

2002. 10. 11.

20대 유권자와 미래 정치

16대 대통령 선거가 지난 27일 후보 등록과 함께 22일 간의 공식 레이스에 돌입했다. 올봄부터 일찌감치 불어 닥쳤던 선거 바람은 이제 열풍으로 변해 이 땅을 겨울답지 않게 뜨거운 열기로 달구기 시작했다.

한때 이회창 한나라당 후보를 '1강(强)'으로 하고 노무현 민주당 후보와 정몽준 국민통합21 후보를 '2중(中)'으로 했던 대선 구도는 노 후보와 정 후보간의 후보 단일화 협의를 통해 지난달 25일 노 후보로 가닥이 잡힘에 따라 '2강'으로 재편되면서 치열한 접전이 예상되고 있다.

둘 다 승자된 깨끗한 승복

이 같은 구도는 박정희 공화당 후보와 김대중 신민당 후보가 겨뤘던 지난 71년 대선 이래 31년 만에 만들어진 것이다. 민주당 노 후보와 국민통합21 정 후보의 단일화는 새로운 정치 문화를 꽃피웠다는 긍정적인 요소로 받아들여지고 있다. 게임의 규칙을 만들고 그 결과에 깨끗하게 승복함으로써 '염증나는 정치판에 새 희망'을 안겨준 까닭이다. 더 나아가

두 당(党)은 '분권형 대통령제 개헌 발의'에 합의함으로써 본격적인 대선 공조 체제를 가동키로 했고, 정 대표가 공동선대위 명예위원장을 맡기로 하는 등 모두가 승자(勝者)가 되는 모습을 보여주었다.

물론 아직도 우리의 정치인들 중엔 눈살을 찌푸리게 하는 사람들도 없지 않다. 민주당의 사무총장을 역임했거나 김대중 정부에서 장관을 지냈던 정치인마저 한나라당으로 옮겨간 때문이다. 최소한의 정치적 명분이나 인간적인 도리마저 팽개쳐버린 듯한 이들에게 차라리 연민의 정을 느낀다.

이들의 여반장(如反掌)하듯 소신을 뒤집는 행태에서 문득 박정희 대통령 시절 신민당 소속 성낙현(成樂鉉), 조홍만(曺興萬), 연주흠(延周欽) 의원 등 3명이 변절함으로써 박대통령의 영구 집권의 길을 열어 주었던 지난날의 배반의 정치사가 떠올라 씁쓸한 기분을 지울 수 없다. 공화당 의원 숫자만으로는 3선 개헌안 통과가 어렵자 여권은 야당인 이들을 회유해 찬성토록함으로써 69년 9월14일 국회에서 날치기로 이 안(案)을 처리했던 것이다.

20대 유권자 책임 막중

후보 단일화를 이룬 멋진 정치인들과 변절을 밥먹듯 하는 정치인들의 상반된 모습을 보면서 이들을 심판하고 정치 개혁을 이루는 것은 결국 유권자들의 몫임을 절실하게 느꼈다. 지난 70년대 우리 사회의 캐치프레이즈는 '잘 살아 보세.' 였다. 이를 바탕으로 하여 우리는 경제 성장을 이룩하면서 OECD(경제개발협력기구)에 가입하는 국력의 신장을 이루었다. 80년대 군사 문화 지배 시절엔 '민주화 열망'이 팽배했다. 전두환 정권 시절 6·29선언을 얻어내면서 힘을 얻은 민주화 물결은 김영삼 대통령의 문민정부에 이어 50여 년 만에 투표로 수평적인 정권 교체를 하고 김대중 대통령의 국민의 정부 탄생이라는 값진 열매를 맺었다.

그리고 우리는 새 천년을 맞이했던 것이다. 초고속정보화 시대, 세계의 이목이 집중된 가운데 개최됐던 한·일월드컵축구대회에서 한국민은 한마음 한뜻이 돼 우리의 의지와 저력과 단결력을 과시하며 '4강 신화'를 창조했다. '붉은 악마'로 이름 붙여진, 4천만 국민들이 '하나' 되는 감격과 감동의 물결을 세계 60억의 지구촌 인구에게 뚜렷이 각인시켜 주었던 것이다.

바로 이 같은 국민들의 뜨거운 열정이 16대 대선에서도 폭발해야 된다. 그러려면 먼저 유권자들인 국민들의 의식부터 깨어나야 된다. 지역을 편가름하려는 정치 세력의 유혹을 과감히 뿌리치고 '선진 정치의 실현'에 동참하자는 것이다. 온 국민이 한마음으로 뭉쳐 '4강 신화'를 만들어냈듯, 투표에 적극적으로 나서 정치 개혁에 걸림돌이 되는 정치인이나 그 같은 세력들을 응징하자는 것이다. 이해 관계에 따라 지조를 헌신짝 버리듯 하는 정치인이나 당리당략에만 몰두하는 정당들을 심판하는 것은 바로 투표를 통해 결실을 봐야 될 이 시대의 소명(召命)인 것이다.

특히 20대 유권자들의 책임은 그 어느 때보다 중요하다 하겠다. 지난 15대 대선 당시 20대의 투표율은 68.2%로 30대 82.7%, 40대 87.5%, 50대 89.9%, 60대 81.9%에 비해 거의 20% 포인트나 낮았다. 가장 순수한 열정으로 나라를 걱정해야 되는 젊은 세대들의 선거 무관심은 결국 정치 개혁을 뒷걸음치게 만드는 한 요인이라고도 할 수 있다. 현실 안주에 길들여진 기성 세대를 뛰어넘어 젊은 세대들이 변화와 개혁과 창조의 주인공이 돼야 한다.

다행히도 중앙선관위가 이번 대선에서는 일정한 요건을 갖춘 대학 구내나 부근에 부재자투표소를 설치키로 했다니 미래를 책임지고 나가야 될 젊은이들이 모두 이번 대선 투표에 참여하여 참된 대통령을 뽑는데 기여해야 된다. 그리하여 흑색 선전·상호 비방·지역 감정을 부추기는 세력에게 양심의 철퇴를 안겨주고, 정치 개혁의 선봉이 됨으로써 21세기의 주역으로 자리매김하길 희망한다.

2002. 12. 02.

21세기 첫 대통령의 과제

마침내 22일 간의 대선(大選) 레이스가 마무리 됐다. 영예의 월계관은 민주당의 노무현(盧武鉉) 후보가 차지했다. 그는 21세기 첫 대통령이 되는 영광을 안았다. 국민경선 때 노풍(盧風)의 진원지였던 호남은 이번 대선에서 90% 이상의 압도적인 지지로 '노무현 대통령 탄생'에 크게 기여했다.

그러나 또다시 패배의 쓴 잔을 마신 한나라당 이회창(李會昌) 후보는 분루(憤淚)를 삼켜야 됐다. 유권자들은 결국 한나라당의 '부패정권 심판'보다도 민주당의 '낡은 정치 청산'을 더 선호했던 것으로 드러난 것이다.

'낡은 정치 청산'의 승리

이번 대선은 31년 만에 양강(兩强) 구도로 짜여 그 어느 때보다도 첨예한 선거가 됐다. 이 후보는 '부패정권 심판'을 캐치프레이즈로 내걸었고, 반면에 노 후보는 '낡은 정치 청산'을 들고 전면전을 벌였다. 더군다나 헌정 사상 처음으로 보혁(保革) 대결 양상이 뚜렷이 드러난 선거로 기록됐다. 그리고 20·30대의 노 후보 지지성향과 50·60대의 이 후보 지지세라는 세대간 대결도 관심을 끈 선거였다.

또 다른 특징도 드러난 대선이었다. 그것은 미디어 선거의 정착이었다. 예전의 선거처럼 대규모 군중 동원이 줄어들었다. 세 차례의 TV 토론을 비롯하여 대선 후보들은 TV를 활용하여 자신의 정견을 발표하면서 미디어를 충분히 활용했다. 그런가 하면 인터넷을 통한 온라인 선거 운동도 활발했다.

이는 역대 선거 때마다 금권 선거 등 난무했던 선거 혼탁을 줄이는데 큰 기여를 했다. 물론 상대방을 비방하는 흑색 선전 등 네거티브 선거 운동이 사라진 것은 아니었다. 그러나 유권자들이 냉담한 반응을 보이자 정당들은 초기에 꺼내들었던 네거티브 전략을 슬그머니 집어넣고 정책과 공약 발표라는 포지티브 전략으로 표심을 노렸다. 이 과정에서 선심성 공약이 쏟아져 나오기도 했지만 우리 선거 문화를 긍정적으로 변화시킨 것만은 부인하기 어렵다 하겠다.

이제 대통령에 당선된 노무현 씨는 내년 2월 25일 취임식을 갖고 21세기 첫 대통령으로서 대한민국을 통치한다. 그는 어쩌면 역대 어느 대통령보다 더 어려운 시기에 국가 원수직을 수행해야 되는 책무를 안게 됐는지도 모른다. 우선 한반도를 둘러싼 국제 정세가 그렇다. 북핵(北核) 문제는 발등의 불이 되고 있다. 벼랑끝 전술을 택하고 있는 북한과 이 같은 저들의 전술에 아랑곳하지 않고 강경책을 택하고 있는 미국의 자세로 '2003년 한반도 위기설'이 현실화될 우려가 크다. 이 문제를 슬기롭게 해결함으로써 한반도의 항구적인 평화 정착이란 과제, 더 나아가 남북통일이란 민족적 숙원을 해결해야 된다는 책무가 기다리고 있다.

일본은 평화 헌법에 따라 비무장을 선언했지만 이라크 전·후방을 지원한다면서 이지스함을 인도양에 파견함으로써 재무장과 함께 군사 강국을 지향하고 있다. 중국 또한 경제 강국으로 급성장하면서 우리의 해외 시장을 위협하기 시작했다. 이처럼 초강대국 미국과 다중 세력들의 부상(浮上)에 적절하게 대응하는 외교력이 절실히 요구되는 시기인 것이다.

통일 초석 놓는 대통령 되길

대내적으로는 이미 정부의 빚이 760조 원 정도나 되고 개인 빚도 가구당 평균 3천 만 원에 이를 정도여서 제2의 환란(換亂)이 걱정되고 있다. 그만큼 새 대통령을 둘러싼 국제 정세나 경제 여건이 결코 밝지만은 않다.

노 당선자는 그가 공약한대로 부패와의 전쟁을 비롯 낡은 정치 청산을 하면서 개혁을 일궈내야 한다는 멍에도 짊어지고 있다. 설상가상(雪上加霜)으로 지금 국회는 한나라당이 원내 제1당으로서 지배를 하고 있는 상황이다. 이러한 난관을 어떻게 돌파하면서 국민들에게 공약했던 정책들을 펼쳐나갈 것인지 걱정스럽다 하지 않을 수 없다.

이제 노 당선자는 그동안 후보로서 국민들에게 약속했던 정책들을 다시 한번 차분하게 검토하면서 가능성 여부를 체크하는 지혜를 가져야 된다. 선심성 공약을 과감히 버리고 합리적인 시책을 현실화해야 한다는 의미다.

또 하나 노 당선자는 영남 출신이면서도 그 지역에서 이 후보보다 낮은 지지를 받았다. 여전히 자리잡고 있는 지역 감정을 이 땅에서 사라지게 하는 통합과 화합의 정책도 중요한 과업이다. 인사 탕평책은 물론이고 국토의 균형 발전, 골고루 잘 사는 복지 국가 건설에 최선을 다하는 대통령이어야 된다. 이를 바탕으로 경제 도약과 함께 남북 평화 공존의 정책을 통해 남북통일을 앞당기는 역할을 충실하게 수행하는 대통령으로 기록되길 기대한다.

우리 정치 사상 첫 국민 경선 민주당 대선 후보가 됐고, 극심한 당내 반발을 극복한 뒤 국민통합 21의 정몽준 후보와의 단일화 성공, 그리고 정 대표의 지지 철회라는 뜻밖의 위기를 극복했던 저력을 원동력으로 삼아 공약을 실천하는 대통령이 됐으면 한다.

2002. 12. 20.

봉사와 헌신의 여생

수백 만 명이 자발적으로 참여한 '금 모으기 운동과 월드컵 붉은 악마 길거리 응원' 은 전세계를 경악케 한 새로운 차원의 시민 혁명이었다. 이것은 역경에 맞서 성공한 민족이 아니고서는 창조할 수 없는 신화였다.

약무호남 시무노대통령

새 정부가 들어서려면 아직 한 달여 남았지만 요즈음 언론의 초점은 노무현(盧武鉉) 대통령 당선자와 대통령직 인수위의 활동에 맞춰져 있다. 그만큼 노 당선자의 파격적인 스타일과 행보가 화제를 낳으면서 관심을 끌고 있는 때문이다. 그것은 기존의 관행을 타파하는 새로운 정치 실험이자 개혁을 향한 끊임없는 도전일 수도 있다.

파격적 스타일 관심 모아

그는 지난 18일에는 이례적으로 여·야 당대표가 아닌 원내총무들과 만나 국정 협조를 당부했고, 22일에는 한나라당을 찾아 서청원 대표 등 야당 지도부와 환담을 나누었다. 물론 친정인 민주당사를 방문하여 한화갑 대표 등과도 대화를 나누었다. 한나라당에서 노 당선자는 고건 총리지명자 국회 인준을 부탁했다. 한나라당은 몇 가지 주문을 했지만 대통령 당선자의 야당에 대한 배려가 싫지 않은 표정이었다. 국민들로서는 권위에 얽매이지 않고 실질적으로 문제를 푸는 길이라면 격식을 따지지 않겠다는 의지의 실천적 표현이라 여기며 이를 신선하게 받아들이고 있다. 지금까지 노 당선자의 언행으로 보아 대통령과 대야(對野)·대국회(對國會) 관계는 그 어느 때보다도 매끄럽게 이어지리라 전망된다. 우리는 이 같은 탈권위적이고 토론을 중시하며 법과 원칙을 소중하게 여기는 당선자의 스타일이 국정 전반에 스며들어 변혁의 바람이 일기를 희망한다.

노 당선자의 그동안의 행보는 단순히 국민들의 인기를 끌거나 언론의 스포트라이트(spotlight)를 받기 위한 것은 아니라고 본다. 지난 20일 대통령 취임사 준비위원들과 상견례를 한 자리에서 피력한 그의 국정 철학을 보면 그렇다. 노 당선자는 개혁과 통합의 큰 틀속에 국정 운영을 비롯, 여러가지 문제를 풀어나가는 '5대 원리'로 원칙과 신뢰, 대화와 타협, 투명과 공정, 분권과 자율, 균형과 통합을 강조했다. 아울러 신뢰, 공정, 성실, 절제, 헌신, 책임 등 '6대 덕목'을 제시했다.

바로 이 같은 5대 원리나 6대 덕목은 노 당선자가 여태까지 지켜온 그의 정치적 신념이자 생활 철학을 집대성한 것이기도 하다. 이러한 의지가 '개혁 속의 안정'을 통해 더욱 구체화되길 바란다.

이와 함께 노 당선자는 민주당 경선 당시 노풍(盧風)의 진원지이자 대선에서 압도적 지지를 보냈던 광주·전남에 지속적인 관심을 가져줄 것을 당부한다.

'호남 없다면 국가 없다' 새겨야

호남은 지난 61년 박정희 씨가 집권한 이래 김영삼 정권까지 36년이란 긴 세월을 '호남 차별'이란 지역 감정의 희생양이 돼야 했다. 그리고 김대중 대통령이 정권을 잡은 지난 5년도 눈에 띄게 호남이 발전됐거나 대접을 받은 기억은 없다. DJ는 지난 15대 대선 직전 광주에와 이 지역 언론사 사장들과 만찬을 하면서 "대통령이 되면 호남을 챙겨라."는 질문을 받고 "대통령에 당선돼도 기대하지 말라. 나는 호남의 대통령이 아닌 대한민국의 대통령이 될 것이다."고 받았다. 그는 대통령에 당선된 뒤 "내가 대통령이 된 것으로 만족하고 호남을 위해 무얼 더 해달라고 하지 말라."라는 요지의 메시지를 줄곧 전해왔다. 인사에서 호남인 편중 시비도 일었지만 그것은 몇몇의 호남 출신들에게만 해당되는 일이었지 대부분의 호남인들은 역대 영남 정권과 다름없는 처지에서 5년을 보냈다 해도 과언은 아니었다. 오히려 옷로비 사건, 이용호 게이트 등 호남 출신들이 개입된 사건들이 터질 때마다 호남인으로서 긍지와 자존심에 큰 상처만 입곤 했던 것이다.

그런 의미에서 95.2%와 93.4%라는 압도적인 지지를 보냈던 광주와 전남도민들은 노 당선자의 5년에 더 기대를 걸고 있다. 부산 출신으로서 호남의 절대적 지지로 대통령에 당선됐다고 믿기에 그렇다. 노 당선자가 국민 통합을 이루는데 자신감을 가지고 정책을 펴나갈 수 있다고 믿는 까닭이기도 하다. 고른 인재 기용과 함께 다른 시·도에 비해 여전히 상대적으로 낙후된 사회간접자본(SOC) 확충을 비롯하여 삶의 질을 높이는 분야까지도 이 지역에 관심을 가져야 된다. 특히 최근 민주당에 개혁 바람이 일면서 동교동계는 뿔뿔이 흩어지게 됐고, 광주·전남 지역구 출신 당 중진들은 제2선으로 물러나거나 비주류로 전락될 가능성이 커지고 있다. 그나마 전북은 김원기 당선자 정치고문, 정동영 당 고문 등 신주류 중진급과 고건 총리 내정자 등이 정권 핵심에 포함돼 있다. 그러나 광주·전남은 그렇지 못한 형편이다.

　때문에 이 같은 상황에서 노 당선자가 직접 이 지역에 관심을 갖고 노풍 진원지로서 자존심을 지켜갈 수 있도록 배려해야 된다. 노 당선자는 임진왜란 당시 이순신(李舜臣)장군이 난중일기(亂中日記)에 썼던 '약무호남 시무국가(若無湖南 是無國家·호남이 없다면 나라도 없다)'의 의미를 깊이 새기는 대통령이 되길 바란다. '약무호남 시무노대통령(若無湖南 是無盧大統領·호남이 없다면 노 대통령도 없다)'을 강조하고 싶다.

2003. 01. 19.

봉사와 헌신의 여생

김대중 대통령의 임기가 10여 일밖에 남지 않았다. 우리나라 헌정
사상 최초의 호남인 대통령으로서, 지역 차별의 희생양인 호남의 자존심
이자 희망으로 국민의 정부를 수립했던 것이 엊그제 같건만 벌써 5년의
세월이 훌쩍 흘러가 버린 것이다.

김 대통령은 지난주 지방 언론사 사장들을 청와대로 초청해 오찬을 함
께 하면서 지난 5년을 회고하는 등 각계 인사들과 식사를 하며 임기를 마
무리하는 작업을 벌이고 있다. 이날 필자는 같은 호남 출신으로서, 그 사
이 많이 늙어버린 듯한 모습으로 이야기를 나누는 김 대통령이 참으로
딱하게 보였다. 임기 마지막 순간까지 북한 송금 문제로 정치권의 압력
아닌 압력을 받고 있기 때문이었다.

5년 功過 역사에 맡겨야

세계적 석학 아놀드 토인비는 저서 '역사의 연구'에서, 문명은 좋은
환경이 아니라 '역경-도전-극복-응전'의 과정에서 꽃핀다고 했다. 도전

과 응전 속에 새로운 문명을 꽃피우는 마법의 열쇠가 있다는 것이다. 우리의 역사는 바로 그가 설파한 것과 같은 궤적을 그리면서 발전해왔다 해도 과언은 아니다.

김 대통령의 집권 5년도 비슷했다. 그는 대통령에 취임하기도 전인 97년 IMF(국제통화기금)가 우리나라의 경제를 직접 관리하는 유사 이래 초유의 비상 사태가 발생한 가운데 정권을 인수하는 어려움 속에서 첫 출발을 했다. 그러나 외환 위기를 겪은 아시아 국가 중 처음으로 IMF 지원 자금 195억 달러를 당초 계획보다 3년 앞당겨 전액 상환(2001·8·23)했고, 97년 말 40억 달러 이하로 떨어졌던 외환 보유액은 지난해 11월 말 현재 1천 183억 달러로 늘어 세계 4대 외환 보유국으로 성장했다. 지난 98년 마이너스 6.7%였던 경제 성장률은 이후 10.9%(99년), 9.3%(2000년), 3.0%(2001년), 6.1%(지난해 상반기)의 고도 성장을 했고, 국민의 정부 5년 간 950억 달러(전망)의 무역수지 흑자를 달성, 사상 최초로 누적 무역수지가 흑자로 전환되기도 했다. 5년 간의 외국인 직접 투자도 600억 달러나 돼, 과거 36년 간('62~' 97) 투자 유치액(246억 달러)의 2.4배나 되는 성과도 올렸다.

그뿐만 아니다. 햇볕 정책을 통해 남북 관계의 평화적 정착에도 괄목할 만한 업적을 쌓았고 국가신인도 향상 등 여러 분야에서 비약적인 발전을 이룩했다. 일부 정실 인사와 측근 비리 등으로 국민들을 실망시키기도 했으나 과거 수십 년 동안 역대 대통령들이 엄두도 내지 못했던 남북 정상 회담과 노벨 평화상 수상, 50년 만의 첫 여야 정권 교체, 58년 만의 휴전선 철거(육로 관광 및 철도 연결), 월드컵 4강 신화 등이 모두 지난 5년 사이에 이룩된 국민적 쾌거들이다.

수백 만 명이 자발적으로 참여한 '금 모으기 운동과 월드컵 붉은 악마 길거리 응원'은 전세계를 경악케 한 새로운 차원의 시민 혁명이었다. 이 것은 역경에 맞서 성공한 민족이 아니고서는 창조할 수 없는 신화였다.

앞으로 남북 철도가 연결되면 부산·목포의 화물은 북한·중국·러 시아·유럽까지 육상 운송이 가능해지는 등 한반도가 동북아의 물류 거 점 국가로 발돋움할 수 있는 발판이 마련된다. 위대한 한민족 시대의 도 래가 그리 멀지 않았다는 얘기다.

원만한 전·현직 문화 창조를

물론 최근에 불거진 '북한 송금 문제'로 진상을 밝히라는 정치권의 압 력을 받고 있지만 그의 5년 간 치적은 분명 역사가에 의해 평가되리라 믿 으면서 우리는 그가 성공한 대통령으로 기록되길 바란다. 이제 우리 국 민들도 떠나는 대통령에게는 위로와 감사의 박수를, 새로 취임하는 대통 령에게는 축하와 격려의 박수를 보낼 수 있는 그런 성숙된 문화를 가질 때가 된 것이다. 토인비는 '미래를 산다'라는 그의 또 다른 책에서 나라 를 망하게 하는 3요소로 역사에 대해 책임지지 않는 것과 집단화된 힘 (집단행동)을 정의의 기초로 생각하는 것, 나만 옳고 남은 그르다는 식의 자기중심주의를 꼽았다. 이 시점에서 대통령이나 국민, 여야 정치권 등 우리 모두가 함께 새겨볼 만한 지적이다.

필자는 청와대 오찬장에서 김 대통령에게 몇 가지 주문을 했다. 먼저 전직과 현직 대통령이 원만한 관계를 조성하는 '새로운 대통령직 승계 문화'를 창출하는 데 앞장서 주길 바란다는 것이었다. 두 번째는 노벨 평화상을 수상한 평화의 사도로서, 그리고 봉사와 헌신의 전도사로서 '한국의 카터'가 돼 주었으면 한다고 요망했다. 전·현직 대통령이 불화하는 모습을 보는 것은 국민적인 불행이라고 여겨지는 때문이다. 분쟁 지역과 사랑의 손길이 필요한 지구촌 곳곳을 누비고 다니는 카터 전 미국 대통령과 우리의 전직 대통령들과는 너무나 큰 대비가 되고 있는 까닭이기도 했다.

　김 대통령은 새로 출범하는 노무현 정부에 적극 협력하는 국가 원로로서의 역할을 해 주었으면 한다. 재임 기간의 공과는 역사에 맡기고 헌신의 길을 찾아 떠나는 '새로운 봉사의 삶을 사는 주인공'이 돼 주었으면 한다.

2003. 02. 14.

경제 위기, 합심하여 극복하자

기어코 이라크 전쟁이 터졌다. 미국이 외교적 노력을 접고 이라크에 대한 공격을 시작한 것이다. 전쟁 없이 이라크 사태가 해결되길 바랐던 세계의 바람은 무참히 짓밟히고 말았다. 이제 우리나라를 포함해 전 세계는 경제 충격의 최소화를 위해 하루속히 이 전쟁이 끝나길 바랄 뿐이다.

北核 · 가계 빚 등이 주요인

그동안 우리의 경제는 미국 · 이라크 전쟁, 북한 핵 문제, 세계 경제 회복 지연 등 대외적인 변수에 기업의 회계 부정, 가계 부채 급증을 비롯한 금융 부실, 새 정부의 정책 불확실 등 국내 문제까지 겹쳐 불안한 행보를 보여 왔다.

통계청의 자료에 따르면 기업 투자는 전년 동기에 비해 2002년 11월엔 4.4%, 12월엔 2.4%가 늘어났지만 지난 1월엔 마이너스 7.7%를 나타낼 정도로 위축됐다. 실업률은 지난해 11월 2.8%였던 것이 올 1월엔 3.5%로 높아진 것으로 드러났다. 물가 상승률도 전년 동기 대비 지난해 11월 3.7%에서 12월 3.8%, 올 1월 3.9%로 가파른 상승 곡선을 긋고 있다. 무역 수지는 지난해 12월 5억 7천만 달러 흑자에서 올 1월 9천만 달러로, 2월 엔 3억 2천만 달러의 적자를 나타냈다. 한마디로 모든 경제 지표가 최악 으로 치닫고 있는 것이다.

지난 2001년 정보기술(IT) 침체로 경제 위기를 느꼈지만 최근의 경제 는 그때와 질적으로 다르다. 그 당시에는 물가와 수출입은 그런대로 괜 찮았다. 미국과 이라크 전쟁이나 북한 핵 문제 같은 대외 불안 요인도 없 었던 것이다.

그러나 지금은 그와 같은 대외적 요인과 함께 가계 부실이 누적돼 있 고, 부동산마저 시한폭탄으로 등장하고 있다. 우리나라의 가계 부채는 지난해 말 현재 439조 원으로 1년 동안 30%(100조 원) 정도 늘어 났다. 4 인 기준으로 가구당 가계 빚은 2천 915만 원이나 돼 3천만 원 돌파는 시 간 문제인 것이다. 통계에 잡히지 않는 사채까지 더하면 가계 부채 규모 는 500조 원에 이를 것이라고 추산된다.

가계 부채가 이 같이 눈덩이처럼 늘어난 것은 마땅히 투자할 곳을 찾 지 못한 은행들이 가계의 부동산 담보 대출에 주력한데다가 무절제한 신 용카드 사용 등 씀씀이가 헤픈 사회적 풍조 때문이라 하겠다.

문제의 심각성은 경기 침체로 거품이 꺼지면 부동산 가격하락, 부동산 담보 대출 부실, 금융 기관 부실, 가계 파산이라는 일본식 불황이 올 수도 있다는 점에 있다.

이처럼 우리의 경제에 빨간 불이 켜진 것은 지난해 경기가 회복될 때

정부가 속도 조절을 하지 않았기 때문이라는 지적도 없지 않다. 콜금리를 제때 올리고 재건축 요건을 서둘러 강화했더라면 부동산과 가계 대출이 큰 짐이 되지 않았을 것이기 때문이다. 지난해 금리를 올렸더라면 지금처럼 경기가 안 좋을 때 금리를 내리는 정책이 가능했으련만 그렇지 않았기에 경기 회복을 위한 금융·재정 정책 가운데 금융 정책은 더 이상 손댈 여지가 없게 됐다는 것이다.

이러한 상황인데도 우리 사회에는 쓰고 보자는 풍조가 사라지지 않고 있다. 이라크 전쟁과 전 세계로 퍼지고 있는 괴질(怪疾) 여파로 요즈음 들어 해외 관광이 주춤하고 있지만 지난달까지만 해도 인천공항 출국장은 발디딜 틈이 없을 만큼 붐볐다. 이 때문에 관광 수지 적자가 크게 늘어났다. 한국은행에 따르면 관광 수지 적자는 지난해 총 23억 6천 460만 달러로 한 해 전보다 13.6배나 폭증한 것으로 나타났다. 에너지 절약 대책을 발표하고 자동차 10부제를 하기로 했건만 이를 지키는 자가용차는 드물 정도로 절약에 대한 우리의 감각은 무뎌져 있다는 느낌을 지울 수 없다.

투자 유치와 절약의 지혜를

이제 이라크 전이 터짐으로써 우리는 또다시 오일 쇼크를 걱정해야 되는 어려움까지 겹치게 됐다. 광주·전남 지역의 경우 40여 개 수출 업체들이 중동 지역 수출 선적이 늦어지거나 신용장 개설이 보류되는 피해를 입고 있다 한다. 유류값 상승으로 물가도 뛸 것으로 전망돼 서민들의 가계가 더욱 주름이 질 것이 불을 보듯 환하다 하겠다.

따라서 정부는 우리 경제의 실상을 정확히 꿰뚫고 합리적인 대응책을 서둘러야 한다. 물론 정부는 재정을 조기에 집행함으로써 경기 회복을 꾀하려 하고 있으나 적극적인 대책은 될 수 없다는 것이 전문가들의 진단이다. 때문에 지금은 가계 대출과 부동산의 연착륙에 지혜를 모아야 된다. 그리고 여러 가지 규제 조치를 과감하게 없애고 안보 불안을 불식시켜 투자를 유치하는 방향으로 선회하는 정책이 바람직하다.

이와 함께 국민들도 지금의 어려운 경제 상황을 감안하여 건실한 소비 활동을 해야 된다. 에너지 위기를 극복하기 위해 적극적으로 에너지 절약 시책에 따르고 가계의 헤픈 씀씀이를 줄이는 등 허리띠를 졸라매야 된다. 정부와 국민 모두가 코앞에 닥친 경제 위기를 헤쳐나가기 위해 합심을 해야 될 때인 것이다.

2003. 03. 21.

세정 개혁에 거는 기대

모처럼 밝은 뉴스였다. 미·영 연합군의 이라크 공격으로 폭삭 무너져 버린 건물 잔해와 부상당한 주민들의 처참한 몰골만 대하던 요즈음, 세정 개혁(稅政改革) 뉴스는 신선한 감을 주기에 충분했다.

국세청이 지난 8일 시민 단체, 세제 전문가, 학계 대표 등이 참여한 세정혁신추진위원회를 발족해 국세 행정의 낡은 껍질을 벗고 납세자들의 신뢰 확보를 통한 투명한 세정을 펼치기로 한 그 자체가 어찌 보면 하나의 개혁이라 할 수 있다. 그동안 우리의 국세 행정은 때로는 정권의 첨병으로서 사정·권력 기관이라는 잘못된 항간의 인식과 함께 부조리가 사라지지 않는 곳으로 잘못 투영된 경우가 없지 않았기 때문이다. 그런 의미에서 이번에 발표된 세정 개혁안이 좀더 다듬어져 제대로 실천되길 바라는 마음 간절하다.

투명성 높아질 세무 조사

우선 눈에 띄는 대목은 세무 조사 대상자 선정 기준을 공개하는 방안이라 하겠다. 이용섭 국세청장이 "서울지방국세청 조사 4국같은 조직이 청와대의 지시를 받아 특별 세무 조사를 벌이곤 했던 관행이 사라지게 된다."고 말한 것은 그 한 예다. 노무현 대통령이 국정원의 정치 관련 보고를 직접 받지 않고 검찰이나 국세청의 도움을 받지 않겠다고 다짐한 맥락과도 일맥 상통한 조치여서 바람직한 개선이라 하겠다.

지금까지 특별 세무 조사는 증거 인멸의 소지가 있는 사채업자, 유흥업소 업주뿐 아니라 조세를 포탈했다는 혐의가 있는 납세자들을 대상으로 예고 없이 조사 인력을 급파, 관련 서류를 압수하여 조사하는 방식으로 진행돼 왔다. 말하자면 세무 조사 선정 기준이 공개되지 않아 "왜 하필이면 내가 조사 대상이 되느냐."는 불만과 억울함을 말하는 경향이 없지 않았던 것이다. 때문에 더러 기업을 길들이기 위함이거나 정권의 눈에 벗어난 탓에 조사 대상이 됐지 않았느냐는 의구심을 갖게 한 것이 지난날의 경험이었다. 따라서 일정한 기준에 해당되지 않는 사업자는 세무 조사를 하지 않겠다는 개혁안이어서 쌍수를 들어 환영할 만한 조치인 셈이다.

그 대신 조세범 처벌법을 개정하되 '종이 호랑이 격' 이었던 처벌 강도는 형사 처벌인 벌금에서 행정 처벌인 과징금으로 유도해 '납세 전과자'를 줄인다는 구상이라 하니 만시지탄(晚時之歎)의 감이 없지 않다. 그동안 말이 많던 세무 조사의 투명성을 높일 수 있는 방안인 때문이다.

또 하나, 일정한 금액 이상의 고액 현금거래 내역이 국세청에 통보되도록 하는 개선안도 바람직하다 하겠다. 미국의 경우 개인이 1만 달러 이상을 금융 기관을 통해 거래할 때 반드시 국세청에 통보하도록 돼 있다. 탈루 의혹이 있는 사람이나 블랙 리스트에 오른 사람들은 5천 달러 이상만 돼도 통보를 하게 된다.

이와 관련 일부에서는 개인의 금융 정보가 세무 당국에 집중됨으로써 정치적으로 악용되거나 사생활을 침해할 가능성 등 부작용이 우려된다는 견해를 피력하고 있기는 하다. 그러나 아직도 편법 상속이나 양도소득세 등 재산세 성실 납부 제도가 정착되지 않고 있는 우리 사회의 현실에 비추어 봐 소득의 투명성을 높인다는 차원에서 바람직한 제도임에 틀림없다. 이 제도가 시행되면 현금 이전을 통한 변칙 상속이나 증여와 파생 금융 상품을 이용한 신종 탈세, 고소득 전문 직종의 탈세가 현저히 줄어들 것으로 기대돼 세원 확보에도 도움이 되리라 여겨진다. 다만 일부에서 우려하는 부작용을 막기 위해 금융 정보 악용과 개인 정보 누출 방지를 위한 제도적 보완 장치는 고려해 봄직하다 하겠다.

골프 접대비 제외 신중해야

국세청이 마련한 개혁안 초안에는 기업의 접대비 문제에도 제동 장치가 마련됐다. 룸살롱 등 향락 유흥업소에서의 접대와 골프 접대 등을 세금 계산에서 경비로 인정하지 않기로 한 까닭이다. 또 수렵이나 요트, 승마장 사용료와 헬스장, 스포츠 클럽을 통한 고액 접대 또는 기업주나 임원들이 회삿돈을 이용해 고급 승용차와 회원권을 개인 용도로 이용하는 것 등도 회사의 비용 처리에서 제외키로 했다. 골프나 유흥업소 접대비가 전체 접대비의 39%선을 차지함으로써 그 같이 제한하기로 한 것으로 알려지고 있다.

종전의 경우 한도액을 두어 그 초과 부분에 대하여 인정하지 않았는데 앞으로 아예 사용처를 정해 일괄적으로 부인하도록 하는 것은 신중을 기해야 되리라 여겨진다. 이는 접대비의 투명성을 확보하는 데는 기여할 수 있겠지만 골프 운동은 이미 대중화 추세인 까닭이다. 따라서 골프를 비롯 룸살롱 비용이나 헬스장 등 종류를 정해 부정할 것이 아니라 합당한 기준을 세우고 그 비용이 사적인 것인지 또는 타당한 것인지 구분을 짓는 잣대를 마련하여 판단하는 것이 올바르다 하겠다.

결국 이번의 세정 개혁안은 세정에 대한 국민 불신 요인을 과감하게 혁신하고 시스템으로 작동하는 공정·투명·청렴한 국세청을 만들어 구조적으로 세정 외적 요인이 끼어들 수 없는 토대를 구축하자는 취지여서 공감이 간다. 우리는 이 같은 개혁안을 통해 국세청이 청렴도를 높이고 납세자를 위한 세정, 그리하여 성실 납세자에게는 친절하고 편안한 봉사기관으로서 기본이 바로 선 국세 행정 이미지를 구축하는 계기가 되었으면 한다. 대민 봉사 기관으로 자리매김되는 계기가 되길 바란다.

2003. 04. 21.

스승의 自畵像

오늘은 스승의 날이다. 하나의 인격체로서 성장하도록 이끌어준 스승의 은덕을 기리고 그 높은 뜻에 감사를 표하는 날이 바로 이날이다. 그러나 교장과 교사들의 갈등, 교육행정정보시스템(NEIS) 시행 여부를 둘러싸고 교육부와 전교조간의 갈등이 완전히 해소되지 못한 상태에서 맞는 올해 스승의 날은 우울하기만 하다.

스승의 날이 무색한 갈등

우리 민족은 옛부터 스승에 대한 존경과 공경심이 유별나게 높았다. '군사부일체(君師父一體)' 라 하여 임금과 스승, 그리고 부모를 한 몸으로 여겼고, 스승의 그림자도 밟지 못하게 할 정도로 스승의 권위를 높이 평가하였던 것이다. '스승' 은 단순한 지식 전달의 역할만 담당하는 것이 아닌 때문이었다. 스승은 가정과 더 나아가 사회·국가 또는 국제 사회의 안녕과 번영에 기여할 수 있는 훌륭한 인재를 키우기 위해 정성을 쏟고 있다는 점에서 존경을 받아야 마땅한 대상인 것이다.

그런데도 요즈음 우리의 교육계는 그 구성원 사이에 갈등의 골이 너무 깊어 전통적 의미의 스승상(像)이 훼손돼 버렸다는 느낌을 지울 수 없다. 지난 11일 전국 초·중·고교 교장단 4천여 명은 사상 처음으로 서울시 교육연수원에서 실내집회를 열고 교단 안정을 위한 자성을 결의하는 한편 전교조에 대한 비판의 소리를 높였다.

교장들은 이날 "학교 민주화라는 미명하에 일부 급진 교원세력의 불법 과격 행동으로 신성한 학교 현장이 온갖 분규와 파행의 소용돌이로 얼룩지고 있다."면서 "교장들이 이러한 교육 위기의 1차적 책임을 통감하고 학교 경영 책임자로서 교단 안정화를 위해 노력할 것"이라는 결의문을 채택했다. 이날 행사장으로 가는 골목에 내걸린 플래카드의 내용들에서 이 같은 교장들의 주장을 심도 있게 엿볼 수 있다. '노조는 괜찮지만 정치투쟁은 안 된다.' '특정 이념 교육, 교육 망치고 나라 망친다.' '참교육 횡포 속에 커져가는 교단 한숨' 등이 그렇다.

특히 이날 행사에서 교육부총리 출신인 이상주 씨가 "전교조가 교장·사학·교육 관료라는 3대 적을 상대로 처절한 투쟁을 결의하는 등 계급주의 망령을 연상시키고 있다."고 주장한 내용들이 사실이라면 교육계의 갈등은 이념 논쟁으로 까지 비화될 소지를 안고 있어 우려하지 않을 수 없다.

물론 전교조측의 주장에도 귀기울일 대목들이 없지 않다. 교장에게 너무 많은 권한과 책임이 몰려 있고, 교장들이 권위주의적이라는 것이다. 때문에 교단 민주화가 우선 돼야 한다는 것이다. 교육 정책의 획일화와 자주 바뀌는 정책도 문제다. 역대 정부는 모두 교육 개혁을 내세웠지만 이뤄진 것은 없었고 오히려 교육계 갈등만 증폭시켰다는 평가를 받고 있다. 교사들에게 수업 자율권을 주지 않는 것도 그들의 불만요소다. 교육부가 주도적으로 추진해오면서 전교조와 갈등의 소재가 된 NEIS도 국가인권위원회가 일부 영역이 인권 침해 소지가 있다며 수정을 권고했다는 점에서 결과적으로 교육부가 처음부터 신중하게 접근하지 못했음을 드러냈다.

존경받는 스승으로 거듭나야

그러나 교단 갈등의 피해자는 바로 수업권을 보장받아야 되는 학생들이란 점에서 학부모들의 가슴을 졸이게 하고 있다. 또 이 같은 갈등은 존경의 대상이 돼야 할 스승들의 위치를 흔들리게 하고 있다. 한국교원단체총연합회가 지난 4월 전국 중·고교생 3천 228명을 대상으로 설문 조사를 한 결과 응답자 중 46.4%는 선생님에 대한 존경심이 과거보다 낮아졌다고 답했고, 높아졌다는 응답은 10.5%에 그친 것이다.

결국 이러한 상황은 교육계 구성원 모두가 책임질 사안인 셈이다. 이제 우리 모두는 '건국 이후 최악의 상황' (이상진 한국공사립초중고교장협의회장)이라는 교단과 학교에서 벌어지고 있는 위기를 수습해야 하는데 힘을 모아야 할 때다. 국민교육헌장에서 제시한 것처럼 민족 주체성의 확립·전통과 진보의 조화를 통한 새로운 민족 문화의 창조·개인과 국가의 조화를 통한 민주주의 발전이란 목표를 향해 한발씩 물러서 갈등을 해소해야 된다.

그러려면 교장과 교사 사이에 서로 신뢰하는 마음부터 가져야 된다.

교장들은 권위 의식을 버리고 교사들의 건전한 의견을 수렴해야 되며 교사들은 존경받는 스승이 되기 위해 고민해야 된다. 한국교총이 51회 교육주간 표어로 '좋은 선생님'을 내세운 것처럼 우리의 스승들은 학생들과 함께 호흡할 수 있는 열린 가슴을 가지고 있는지, 또 교육 열정과 신념이 있는 뜨거운 가슴과 양심을 지키는 존귀한 가슴을 가지고 있는지 되돌아 보아야 된다.

국가 경쟁력을 좌우할 21세기의 한국 교육을 책임지고 있는 교장·교감의 자화상(自畵像)은 어떻게 그려지고 있는지 냉정하게 자성(自省)하는 시간을 갖자는 것이다. 그리하여 자기 주장만 할 것이 아니라 서로 쟁점을 놓고 타협하고 양보하는 믿음직한 새로운 스승상(像)을 만들어 냈으면 한다.

2003. 05. 15.

정치인들의 망언(妄言)

한나라당 이상배 정책위 의장의 '등신 외교' 발언으로 주초 우리의 정치권은 벌집을 건드린 것처럼 소란스러웠다. 노무현 대통령이 일본을 방문하고 있는 동안에 터져나온 상식 이하의 막말로 국회가 공전(空轉) 됐고 국민들은 또 한 차례 '저급의 코미디' 에 시달려야 했다.

상습화된 정치인들 막말

한일정상회담 결과를 놓고 성토장이 된 지난 9일의 한나라당 최고위원회의에서 이 의장은 "이번 방일 외교는 한국 외교사의 치욕 중 하나로 기억될 것이고 '등신 외교' 의 표상으로 기억될 것" 이라는 극언을 했다. 당연히 청와대가 발끈했고, 뒤이어 민주당도 거들고 나섰다. '국가 원수에 대한 모독이자 국민에 대한 모독' '금도를 넘어선 망발' 이라고 이 의장을 성토하고 나선 것이다. 민주당 총무는 한나라당 총무에게 이 의장의 당직 해임과 박희태 대표의 사과, 재발 방지 약속을 요구하며 국회 대정부 질문 참여를 거부했다. 이 때문에 국회는 9일 오후 자동 유회되는 소동을 빚었다.

이 의장은 결국 10일 한나라당 의원 총회에서 "제 발언으로 국회가 파행한 데 유감이다. 대통령 외교 성과를 폄하하거나 모독할 생각이 전혀 없었다. 본의 아니게 적절하지 못한 용어로 받아들였다면 송구스럽게 생각한다."고 사과했고 발언 파문은 마무리됐다.

정치인들의 막말은 비단 어제오늘만의 일이 아니라는데 문제의 심각성이 있다. 지난 98년 한나라당의 김 모 의원은 "김대중 대통령의 입을 공업용 미싱으로 박아야 한다."는 발언으로 논란을 빚었다. 99년 3월 당시 한나라당 총무였던 이 모 의원은 지구당 임시 대회에서 "고 제정구 의원은 DJ암 때문에 숨졌다"고 했고, 같은 해 9월 같은 당 이 모 의원은 정당 모임에서 '76세나 되는 분이 사정 사정하다가 내년에 변고가 생길까 우려된다."는 품격이 의심되는 말을 하기도 했다.

정치권에서 오가는 이 같은 발언들은 청소년들이 듣고 배우면 어쩌나 싶을 정도로 혐오스럽고 저질스러운 용어였다. 순화되지 못하고 정제되지 못한 언어들은 결국 자신들의 품격을 스스로 떨어뜨릴 뿐이다.

동·서양을 막론하고 말은 신중해야 한다고 가르치고 있다. '평생 선(善)을 행해도 한마디 말의 잘못으로 이를 깨뜨린다.' (孔子), '세 치 혓바닥으로 다섯 자 몸을 살리기도 하고 죽이기도 한다.' (東洋 名言)고 했다. 프랑스의 몽테뉴는 그의 수상록(隨想錄)에서 '단 한마디일지라도 잘못 받아들여지면 10년 닦은 공로도 잊혀진다.' 고 갈파했다. 말은 그처럼 하기는 쉬워도 그 결과는 상상하기 어려울 정도로 심대한 파문을 일으키는 것이다.

경제난 극복에 합심할 때

이번 이상배 정책위 의장의 막말도 그렇다. 아니 좀더 폭을 넓혀 보면 한나라당의 노무현 대통령의 방일 외교 평가 자체에 문제가 있었다. 그것은 감정적 부분이 그 평가 안에 자리잡고 있다고 여겨지기 때문이다. 정부의 외교 행위에 대해 정치권이 비판을 하고 조언을 하는 것은 국익을 위해서도 필요하다.

그러나 그 같은 행위에도 금도(襟度)는 있어야 한다. 밉든 곱든 대통령은 국가의 원수다. 한나라를 대표하는 국가 원수의 자격으로 벌이고 있는 정상 외교는 합리적이고 논리적 접근으로 평가하는 것이 바람직하다. 정부와 여당을 견제하는 게 야당의 책무라 해도 비판과 견제는 품격을 지켜야 되고 국민들의 공감을 얻어야 된다. 시정(市井)의 장삼이사(張三李四)들이 쓰는 용어로 평가한다면 그 같은 말을 하는 사람 자신의 품격마저 의심을 받기 마련이다. 정치권의 지도급 인사들이 그 같은 막말을 하고 그것이 빌미가 돼 국회마저 공전을 하게 된다면 그야말로 국민들은 기댈 곳이 없게 된다.

지금은 말장난으로 세월을 보낼 만큼 여유가 있는 시기가 아니다. 체감 경기는 물론이고 경제 전망까지도 IMF 위기 때 보다 좋지 않다고 해 국민들의 불안이 가시지 않고 있는 시기가 아닌가. 더군다나 각종 이익 단체와 노동계는 하투(夏鬪)를 준비하고 있어서 총체적 난국을 수습하는데 중심적 역할을 해야 될 정치권이 말장난이나 막말로 정쟁을 일삼고 있다면 그것은 직무 유기라기보다 차라리 범죄나 진배 없다 하겠다.

제발 정치권은 막말로 자신의 존재를 부각시키는 어리석음을 저지르지 말고 심도 있는 국사 논의와 민생 법안을 마련하는 노력을 통해 국민들에게 어필하는 자세를 가져 주길 바란다. 국민들도 한때의 우스갯거리 소재로 삼지 말고 그 같은 인사들을 잘 기억한 뒤 다음 총선에서 표로써 민심을 보여주어야 한다. 그러한 저질 선량들은 이제 그만 여의도에서 퇴출시키기로 하자.

2003. 06. 13.

타산지석

방사성폐기물 관리 시설 유치신청이 오는 15일로 마감된다. 이미 전북은 도지사를 비롯 해당 시장 등이 지자체 차원에서 군산으로 유치하겠다는 뜻을 적극적으로 밝히고 있는 가운데 전남 지역 후보지의 하나인 영광군은 주민간에 찬반이 극명하게 갈려 갈등 양상을 보이고 있다. 더군다나 전남도지사가 '군민의 의사에 따른다'는 입장이어서 전북과는 차이점을 드러내고 있다.

일본 등 他山之石 삼아야

영광군 방사성폐기물 관리 시설 유치위원회(유치위)는 단체장과 의회, 지역 국회의원이 협의해 핵폐기장과 양성자가속기사업 유치에 앞장서 줄 것을 요구하면서 지난 1일 영광군민결의 대회를 갖기도 했다. 그런가 하면 핵폐기장 백지화·핵발전 추방 서남해안대책위와 광주·전남새만금대책위는 '바람개비 환경순례단 발대식'을 갖고 핵폐기장 유치 반대에 나서고 있다.

핵폐기장은 방사성폐기물 관리 시설을 뜻한다. 이 문제는 단순히 어느 지역에 이 같은 시설이 들어오느냐 마느냐의 시각보다는 안정적인 에너지원의 확보와 함께 생존권·안전성의 차원에서 다뤄야 한다고 본다. 좀 더 큰 틀에서 검토해야 된다는 의미이다.

우리나라에서 처음 원자력발전이 이뤄진 것은 지난 78년이었다. 고리 원자력발전소가 가동됨으로써 원전이 화력발전의 대체 에너지로서 각광을 받기 시작했다. 현재 18기의 원자력발전소는 국내 총 전력의 40%를 생산하며 최대의 전력공급원이 됐고 세계 6위의 원전 운영국으로 발돋움한 상태다. 정부는 현재 건설 중인 2기 이외에도 오는 2015년까지 8기의 원전을 더 건설할 계획이다. 그러나 이 같은 원전은 병원, 동위원소 연구소 등 원자력을 이용하는 다른 시설과 마찬가지로 방사성동위원소 폐기물을 발생시키고 있다. 이러한 폐기물은 지금은 원전 안의 임시 저장시설에 나누어 보관하고 있지만 2008년부터 포화상태가 된다는 데 문제의 심각성이 있다.

정부는 지난 86년부터 중·저준위 폐기물(발전소 관련자들이 사용한 장갑, 덧신, 작업복, 걸레, 부품과 산업체, 병원, 연구 기관에서 나오는 것) 보관 시설 부지 확보에 나섰지만 성과를 거두지 못하자 '방사성폐기물 관리 대책'을 마련, 지난 2000년 7월부터 자율적인 부지 유치 공모를 해 왔다. 그러나 여전히 결론을 내지 못하고 있다.

여기에서 우리가 관심을 갖고 검토해야 될 사안은 방사성폐기물 관리 시설의 안전성이라 하겠다. 일본의 경우 52개 원자력발전소를 운영하여 총 발전량의 36%를 원자력에 의존하고 있다. 일본은 아오모리현 로카촌에 원자력 핵심시설을 운영하면서 사용 후 연료 재처리 시설을 건설하고 있다. 또 같은 부지에 최종 처분 용량 300만 드럼 규모의 중·저준위폐 기물 처분 시설을 만들어 지난 92년부터 운영하고 있다.

· 프랑스는 57기의 원전에서 총 발전량의 75%를 공급받고 있다. 지난 69 년부터 쉘부르 부근의 라망쉬에 처분 시설을 만들어 활용하다가 이 시설 이 포화상태에 이르자 지난 94년 다시 로브에 처분 시설을 건설하여 지 난 92년부터 운영하고 있다. 이 시설은 앞으로 40년간 500드럼을 처분할 수 있는 규모다. 영국 역시 지난 59년부터 셀라필드 원자력 단지 부근의 드릭에 천충추분 방식의 중·저준위 폐기물 처분 시설을 만들어 가동하 고 있다.

세계적으로 환경을 중요시 하는 국가로 알려진 스웨덴은 11개 원전을 가동하여 총 발전량의 50%를 공급하고 있으며 포스마크 원자력발전소 가 위치한 해안에서 1km쯤 떨어진 곳에 해저 동굴 형식의 처분장을 마 련해 운영하고 있다. 선진국의 경우 폐기물 시설의 안전성을 확보하면서 안정적 에너지 공급을 하고 있는 셈이다.

20년 간 2조 원 이상 투자

또 하나 관리 시설물이 건설될 경우, 그 지역은 개발이 된다는 잇점도 결코 무시할 수 없다. 산자부는 이 시설 유치 지역의 자치 단체에 앞으로 20년 간 총 2조 원 이상의 지역 개발 재원을 투자한다는 방침이라고 밝혔 다. 이 가운데 3천억 원은 지역 주민들이 자금 용도를 자율적으로 선택 토록 하고, 주민에 대한 직접적 지원도 확대할 수 있도록 인센티브를 주기로 했다. 10개 부처 장관들은 지난 4월 관리 시설 유치 지역이 양성자 가속기 사업을 신청하면 가산점을 준다는 공동담화문을 발표하고, 같은 지역에 한국수력원자력주식회사 본사를 이전하며 '방사성폐기물대책 추진위원회'를 운영하는 등 관리 시설 유치 지역에 각 부처의 지역 사업을 집중 지원하고 지역 숙원 사업도 적극 해결하기로 한 것이다.

　이 같은 정부의 지원이 현실화 될 경우 해당 지역은 전형적인 농어촌에서 환경 친화적인 산업, 주택, 복지, 문화·레저 시설을 갖춘 전원 도시로 탈바꿈되리라는 것이 정부의 전망이다. 일본에서도 가장 낙후됐던 로카쇼촌이 쾌적한 환경의 부촌으로 변한 것은 타산지석(他山之石)이라 하겠다. 시설물 유치는 결국 주민들이 안전성을 담보로 하여 지역 개발이란 실리를 추구한다는 합리적인 판단에 달려 있는 셈이라 하겠다.

2003. 07. 04.

'고해성사' 야당도 함께 해야

굿모닝 시티 쇼핑몰 사기분양 사건에서 비롯된 로비 의혹이 일파만파로 번지면서 정치권이 몸살을 앓고 있다. 이 회사로부터 돈을 받은 민주당 대표가 '대선 자금'이란 판도라의 상자를 열면서 불붙은 대선 자금 시비는 급기야 노무현 대통령이 두 차례나 '공개'를 언급하는 단계에 이르렀다. 노 대통령은 지난 15일에 이어 21일에도 기자회견을 갖고 '여야 대선 자금 동시 공개'를 거듭 촉구했다.

정치 자금 '멍에' 거듭 피력

이에 따라 민주당은 지난해 9월 30일 대통령선거대책위 출범 이후 12월 19일 대통령 선거일까지 후원금 145억여 원 등 총 402억여 원의 대선 자금을 모아 이중 선거비용 280억여 원 등 361억여 원을 지출했다고 공개했다. 대선자금 잔액은 총 41억여 원이라고 민주당은 밝혔다. 후원자의 이름과 금액을 개별적으로 밝히지 못하도록 돼 있는 정치자금법의 규정에 따라 개인과 법인의 이름은 공개하지 않았다. 이 같은 공개에 대해

'미흡하다' 와 '자금 공개 자체는 긍적적' 이라는 평가가 엇갈렸다.

노 대통령은 지난 15일 처음으로 여야의 대선 자금 공개를 통한 정치 자금 제도와 문화의 개혁을 제안하기 앞서 여러 차례 정치 자금의 현실과 법규상의 괴리를 지적하곤 했다. 지난해 12월 20일 민주당 출입기자들과 만찬을 하면서 '정치 자금으로부터 완전히 자유로운 정치인은 단 한사람도 없다. 나 또한 마찬가지다. 언젠가는 정치 자금에 관해 정면 돌파가 필요하다.' 고 했다. 지난 4월 2일 임시국회에서도 '정치 자금은 더 투명해져야 한다. 아울러 제도는 합리적으로 보완돼야 한다. 현행 정치 자금 제도로는 누구도 합법적으로 정치를 하기 어렵게 돼 있다.' 는 요지로 시정연설을 하기까지 했다.

그만큼 정치 자금의 투명성에 대한 제도적 장치의 필요성을 절감하고 있는 때에 정 대표의 '대선 자금 200억 원설' 이 터져 나온 것이다.

노 대통령이 이처럼 대선 자금 여야 동시 공개를 역설하고 있는 것은 차제에 정치 개혁을 단행하겠다는 단호한 의지의 표현이라 할 수 있다. 때문에 정치권을 향한 이러한 발언은 국민의 힘, 여론의 지지를 이끌어 내기 위한 것으로 풀이되기도 한다. 또 노 대통령의 제안대로 검증을 위한 수사까지 이뤄질 경우 대선 당시 재정권을 쥐고 있었던 민주당 당권파에도 영향을 미치게 돼 자동적으로 정치권 물갈이와 세대 교체까지도 가능하다는 판단이 작용하지 않았겠느냐는 의견도 없지 않다.

아무튼 정치 자금은 우리나라 정치인들에게는 하나의 멍에일 수밖에 없다. 지구당 운영, 선거구민들의 경조사 참여, 유권자들의 기대심리 등이 복합적으로 어우러져 돈을 만들지 않을 수 없는 현실 때문이다.

따라서 이번 기회에 정치 자금의 투명성을 높이는 정치자금법 등의 개정이 절실하다 하겠다. 이미 중앙선관위는 선거 개혁 방안에 관해 몇 가지 안을 제시하고 있다. 정치 자금 기부 때 수표 사용 의무화, 10만 원 이상 지출을 하려면 카드를 사용하거나 계좌 입금을 의무화하는 방안이 그것이다. 현재는 선거비용의 수입과 지출 때 수표인 경우 회계 장부에 번호와 금액을 적도록만 하고 있다. 미국의 경우 100달러, 프랑스는 1천 프랑(한화 18만 원 정도)만 돼도 기부하려면 수표 사용을 의무화해 자금 추적이 가능하도록 했다.

정치 자금 모금 내역에 대해서도 수입의 경우 총액만 보고하고 세부 내역은 보고하지 않도록 돼 있는 항목도 개정해야 한다. 더군다나 기부자의 인적 사항은 보고 대상이 아니기 때문에 공개해도 알 수 없다는 헛점도 안고 있다. 외국의 경우 미국은 200달러, 영국은 200파운드(한화 40만 원), 네덜란드는 5천 유로(65만 원) 이상 기부할 경우 실명을 공개토록 하고 있다. 따라서 우리나라도 선거·정치 자금의 지출 내역만 공개하도록 된 것을 기부 일자, 기부 금액, 연간 100만 원 이상 기부자의 인적 사항도 함께 공개하여 검은 돈이 오가는 것을 원천적으로 차단할 필요가 있다.

정치 개혁 시스템 마련을

더불어 많은 돈이 들 수밖에 없는 정당의 구조도 개선해야 한다. 현행의 지구당을 폐지하고 구·시·군당 체제로 전환하며 사당화를 방지하기 위해 3인 이상의 공동대표제를 도입하는 것도 검토해 볼만 하다. 영

국의 경우 보수당은 집행평의회가 선거구 업무를 처리하고 있으며 독일
은 3인 이상으로 구성되는 이사회가 지구당의 당무를 관장하고 있다.

　노 대통령의 대선 자금 '동시공개 제안'으로 점화된 대선자금 시비는
더 이상 정쟁의 대상으로 삼아 소모적인 논쟁을 벌여서는 의미가 없다.
따라서 한나라당도 대변인을 통해 '허위 신고에 대한 성형수술일 뿐 숫
자 꿰맞추기에 불과하다'고 혹평한 것으로 끝내서는 안된다. 한나라당
도 공개에 동참해야 한다. 정치인들의 불법 자금 조성으로 인한 멍에를
벗겨주고 다시는 검은 돈의 유혹을 받지 않고도 정치를 할 수 있는 시스
템을 구축하는데 정치권 모두가 지혜를 모아야 되기 때문이다.

　그 같은 '고해성사'의 과정을 밟고 범법행위가 있다면 국민적 합의를
거친 다음 면죄부를 받는 수순을 택해야 된다. 정치권의 현명한 판단을
기대한다.

2003. 07. 25.

자살(自殺)의 사회적 책임

정몽헌(鄭夢憲) 현대아산 이사회 회장의 자살은 너무 충격적이었다. 우리나라 굴지의 기업가이자 대북(對北) 사업의 기수인 그가 그처럼 비극적으로 삶을 끝낸 것은 '참담함' 바로 그 자체라 하겠다. 그의 자살 원인은 아직 뚜렷이 밝혀지지 않았다. 대북 송금 특검 · 대검의 잇단 수사와 재판으로 심한 심리적 압박을 받았으리라는 점, 북핵 문제로 삐걱거리던 대북 사업과 경영 손실 등이 어우러져 스스로 목숨을 끊었으리라 짐작해 볼 따름이다. 필자는 정 회장의 비극적인 자살에 애도를 표하면서 요즈음 들어 유행처럼 번지는 자살 풍조를 우려하지 않을 수 없다.

빈곤층 자살 크게 늘어나

19세기 한때 염세주의(厭世主義) 사조(思潮)가 유럽을 휩쓸면서 젊은 이들 사이에 자살이 미화(美化)되는 풍조가 생겨나기도 했다. 독일의 철학자인 쇼펜하우어(Schopenhauer · 1788~1860)의 염세주의 철학과 뒤이어 등장한 니체(Nietzsche · 1844~1900)의 허무주의의 영향을 받아 세상을 등지는 젊은이들이 줄을 이은 것이다. 라틴어로 '무(無)'를 뜻하는 니힐(Nihil)에서 나온 니힐리즘(Nihilism)은 '아무 것도 존재하지 않는 다.'며 실존(實存)의 허구를 내세웠고, 니체는 '신은 죽었다.'고까지 주장했다. 이러한 철학들이 19세기 그 암울했던 시대에 사람들의 빈 가슴을 사로잡았던 셈이다.

우리나라에선 국제통화기금(IMF) 체제를 거치면서 자살이 늘어나는 추세를 보이며 새로운 사회불안 요소로 등장했다. 경찰청 통계에 의하면 지난해 우리나라의 자살 건수는 모두 1만 3천여 건이나 됐다. 한 해 전 1만 2천여 건에 비해 6.3%나 늘어난 수치다. 이는 하루 평균 36명, 1시간에 1.5명 꼴로 스스로 목숨을 끊은 셈이다.

요즘 자살의 가장 큰 요인은 경기 침체로 실업자와 신용 불량자가 급증한데 따른 생활고와 사업 실패를 들 수 있다. 2000년에 이 같은 요인으로 자살한 건수는 786건이었지만, 2001년 844건, 2002년 968건으로 점점 더 그 수가 늘고 있다.

성적을 비관하며 목숨을 끊은 10대들의 숫자는 2000년 466건, 2001년 333건, 2002년 273건으로 줄었지만, 경제 활동을 활발하게 해야 하는 30대의 자살은 2000년부터 지난해까지 각각 2천 444건, 2천 446건, 2천 655건으로 증가하는 추세다.

최근의 자살은 그 수의 급증과 더불어, 남녀노소를 가리지 않고 돌림병처럼 번지고 있다는 데서 국가와 사회의 대책이 절실하다 하겠다. 최근 카드 빚에 시달리던 30대 주부는 자녀 3명을 아파트에서 떨어뜨린 뒤 자신도 몸을 던져 삶을 끝냈다. 지난 3일 서울에선 개인택시 기사(45세)

가 성적 부진 때문에 목숨을 끊은 둘째 아들(16)의 죽음으로 고민하다가 아들 뒤를 따라 가고 말았다.

안전망(網) 시급히 넓혀야

자살이 늘어나고 있는 요즈음의 세태에 대해 전문가들은 '희망이 없는 우리 사회의 병리 현상' 으로 진단하기도 한다. 물론 정 회장의 경우는 일반인들의 자살과는 다르다고 할 수 있다. 믿음이 깨졌거나, 자신의 받아들일 수 없는 심한 자손심의 훼손, 뜻대로 안 된다는 좌절이 그의 내성적인 성격과 겹쳐 자살로 나타난 것이라는 지적도 없지 않다. 미국에서도 경제 공황 때 책임을 지고 있는 은행 지점장들이 가장 많이 죽었던 것처럼 정 회장이 '모든 것을 감싸안고' 목숨을 버렸을 수도 있다.

그러나 어떤 경우에도 자살이라는 극단적인 방법은 피해야 된다. 하나님이 주신 소중한 생명을 스스로 끊는다는 것은 또 하나의 죄악이기 때문이다. 죽음으로는 아무 것도 해결할 수 없다. 생명을 가볍게 여기는 풍조는 현대 사회가 안고 있는 문제점에서 비롯됐다고 보지만, 우리 사회의 기초교육, 정신교육, 인간교육 부재도 이러한 사태의 원인이라는 뼈저린 자성(自省)을 해야 한다. 따라서 이제 기초교육 과정에서부터 생명의 소중함을 일깨우는 정신교육을 시작해야 한다.

자살은 단순히 어느 한 개인의 고통이나 그 가족의 비극으로만 책임지울 수 없는, 우리 사회 공동체가 함께 해결해야 할 명제가 됐다. 특히 생활의 어려움으로 인해 목숨을 끊는 것은 바로 사회적 살인이라고도 할 수 있기에 더욱 그렇다. 사회 안전망의 보완책이 더욱 절실한 때인 것이다. 생계와 의료, 주거, 교육과 같은 기본적 요소에 대한 지원과 낮은 금리의 생활 안정 자금의 장기 대출을 통해 스스로 살아갈 수 있는 터전을 일구어 주고, 새로운 일자리를 만들어 안정된 수입이 보장되도록 하자는 것이다.

정부가 월 소득 122만 원 이하의 차상위 빈곤층을 위해 부양의무 기준과 소득 인정액 등 기초생활보장 규정을 완화, 적용 대상을 넓히는 방안을 추진키로 한 것은 때늦은 감이 없지 않지만 다행스러운 일이라 하겠다. 그러나 '가난은 국가도 막을 수 없다' 는 속담처럼 모든 것을 나라에만 의지할 수는 없다. 사회 지도층이 팔을 걷고 가난한 자들을 돕는데 힘을 합해야 되는 이유가 바로 거기에 있다. 우리가 사는 세상은 함께 살아가는 사회이기 때문이다.

2003. 08. 08.

발등의 불, 국민연금

정부는 새해부터 적용할 국민연금법 개정안을 입법 예고하고 각계의 의견을 듣기 위한 공청회를 시작했다. 정부가 마련한 개정안은 현재 평균 소득의 60%인 연금 급여를 내년부터 55%로, 2008년부터 50%로 낮추는 대신, 보험료율은 현행 9%에서 2030년까지 15.90% 수준으로 올리는 것이다. 이럴 경우 국민연금이 처음 도입된 지난 1988년부터 2008년까지 20년 간의 평균 월급이 136만 원인 가입자는 매월 34만 원의 연금을 받는다. 겨우 용돈 정도를 받게 되는 셈이다.

40년 뒤엔 고갈 우려

연금 제도는 복지국가의 핵심 정책이라 할 수 있다. 무너진 대가족 제도, 정부의 사회보장 예산 미흡, 평균 수명의 증가 속에 노인 부양 책임을 나누어 지자는 것이 연금 제도라 하겠다. 때문에 정부는 지난 1988년 국민연금 제도를 도입하고 1999년 4월부터 전국으로 확대하여 실시하고 있다. 지난 3월 말 현재 총 76조 8천억 원의 기금을 만들어 1백만 명에게

13조 4천억 원을 지급했다.

그러나 현 체계를 고수할 경우 2047년께 연금 기금이 바닥나게 된다는 데 문제의 심각성이 있다. 더구나 2008년이 되면 연금수령자가 3백만 명이 넘게 돼 연금 구조를 개선하지 않으면 어려운 상황에 처하게 될 우려가 크다. 출생률은 낮아지지만 노령화는 가속화돼 연금 수급자가 늘어날 것이기 때문이다.

이 같은 국민연금 재정 위기는 정부 스스로가 불러들인 것이나 진배없다. 국민연금 출범 당시, 보험료는 소득의 3%, 연금 급여는 평균 소득의 70%를 보장하도록 잘못 계획한 것이다. 그런데도 정부와 정치권은 국민 부담이 따를 수밖에 없다는 점에서 그동안 연금 제도 개편을 미루어 왔다.

또 하나, 다른 공적 연금과의 형평성에도 문제점이 있다. 행정자치부와 국방부, 교육인적자원부는 지난해 말 법을 개정해 공무원, 군인, 사학연금 가입자의 연금 급여를 14% 정도 올렸다. 공무원연금은 지난 2001년 국고에서 600억 원을 지원했고, 지난 1975년 적자로 돌아선 군인연금은 해마다 5천억~6천억 원을 지원하고 있는 것이다. 이들의 연금 적자는 세금으로 메워주면서 국민연금 가입 대상인 일반 국민에겐 그 같은 혜택이 주어지지 않는다는 데서 국민들의 반발은 어쩌면 당연한 것이라 하겠다. 또 회사원들은 자영업자들에게 부과되는 보험료보다 더 많은 금액을 내고 있다는 피해의식마저 갖고 있는 게 현실이다.

따라서 연금 급여를 낮추기보다는 자영업자의 소득 파악률을 높이고 국고를 지원하는 방안도 고려해야 한다. 그래야 형평성에서 문제가 없게 된다. 국민연금 재원 확보를 위한 조세, 재정 개혁 방안을 수렴해 개정안을 보완해야 할 필요성이 절실한 것이다.

많이 내고 적게 받는 추세

물론 연금을 더 내고 덜 받는 것은 우리나라만의 일이 아니다. 세계적으로 그러한 방향으로 연금 제도가 바뀌어 가고 있다. 프랑스는 지난 7월 노동자들의 연금 납입 기간을 현재 37.5년에서 2008년까지 40년으로, 2020년까지 42년으로 단계적으로 늘리는 것을 주요 내용으로 하는 연금 개혁안을 통과시켰다. 오스트리아도 올 초 연금 보험료 납부 기간을 40년에서 45년으로 연장했다. 미국과 영국은 유럽과 달리 기업 연금 등 민간 부문 의존도가 높지만 기업들이 대규모 연금 적자에 시달리고 있다. 일본의 경우 국민연금 납부거부자가 지난 90년대 초까지만 해도 10% 수준에 그쳤지만 지난해엔 37.2%로 늘어나 국민연금 붕괴 가능성이 우려되고 있는 상황이다. 불황으로 보험료 납부가 어려운 국민이 늘기도 했지만 연금에 대한 불신이 높아진 것이 주요 원인으로 지적되고 있다.

국민연금 제도를 개선하려면 근본적인 문제점을 제대로 파악하여 추진해야 된다. 그렇지 않을 경우 정책 당국의 신뢰도만 떨어지고 일본의 사례처럼 불신만 키울 우려도 없지 않다.

이와 함께 연금 제도를 비롯한 사회복지 제도는 자신이 낸 금액을 자신이 되돌려 받는 개념으로 이루어진 것이 아니라는 점을 제대로 알려야 될 필요가 있다. 연금의 성격이 노후 소득 보장이라 해도, 소득이 있는 젊은 세대가 소득이 없는 노인 세대를 부양하는 것임을 명확히 인식해야 한다. 오늘의 젊은 세대가 노인이 되면 그들은 다시 후손들이 내는 돈으로 연금을 받아 사는 까닭이다.

지금 자신이 내는 돈을 저축으로 생각하고 나중에 이를 되찾는 것으로 이해하는 잘못된 인식을 바꿔야 된다. 그 몫은 정부의 차지이다. 정치권도 표를 의식해 화를 더 키우지 말고 솔직히 국민들에게 어려운 처지를 이해시키고 대승적 차원에서 합리적인 개선안을 마련해야 된다.

지금대로 두어서 40여 년 뒤 바닥이 나게 할 것인가, 아니면 이번에 제도를 개선해 70년 동안 연금 고갈 걱정을 안 해도 되느냐의 선택의 기로에 서 있다. 우물쭈물할 시간이 없다.

2003. 08. 22.

주5일제가 성공하려면

　주5일 근무제 법안이 국회를 통과함에 따라 우리나라도 본격적인 주말 연휴 시대가 시작된다. 이로써 선진국 수준의 휴일을 즐기게 된 직장인과 그 가족들은 벌써부터 꿈에 부풀어 있다. 그런가 하면 기업들은 벙어리 냉가슴 앓듯 씁쓸해 하면서도 시대의 흐름에 발맞추지 않을 수 없다는 반응이다.

기대와 전망 엇갈려

　이 제도가 당장 시행되는 것은 아니다. 일부 대기업과 은행 등은 이미 주5일 근무를 하고 있지만, 법적으로는 내년 7월 1일부터 공공·금융 부문과 1천 명 이상 고용 사업장을 시작으로 2011년까지 연차적으로 모든 사업장에 확대 실시된다. 이렇게 되면 근로자들은 연간 1백34~1백44일의 휴일·휴가를 즐기게 된다. 지금까지 누렸던 휴일보다 43일이나 더 늘어난 것이다.

　주5일제의 핵심은 근로 시간의 단축이다. 그러나 이 제도를 도입한 배

경은 선진국과 아시아권이 서로 다르다. 선진국은 실업자를 줄이는 데 비중을 두었다. 미국은 지난 1938년 대공황으로 실업자가 늘어나자 고용 창출을 위해 근로 시간을 주 40시간으로 줄였다. 1997년에 집권한 프랑스 사회당 정부도 실업 문제를 해결을 위해 근로 시간을 단축했다.

그러나 아시아권은 국제사회의 비판과 국민 불만 해소라는 정치적 동기가 컸다. 일본의 경우 밤낮 일만 하는 '경제적 동물(economic animal)'이란 비판을 피하기 위해 지난 1988년부터 근로 시간을 차차 줄여 가고 있다.

중국은 1인당 국민소득이 1만 달러 이하인 나라 가운데 유일하게 주5일제를 시행하고 있다. 시장경제 체제를 도입한 후 빈부 격차가 심해지고 저항의식이 꿈틀거리는 등 후유증이 나타나자 지난 1995년 주 40시간 근로제를 도입했다.

우리나라도 이제 주사위는 던져진 셈이다. 시행의 시차만 있을 뿐 앞으로 8년 안에 모든 기업이 이에 참여하지 않을 수 없게 된 까닭이다. 연휴가 늘어나면 그만큼 우리네 삶의 질이 향상될 수 있다는 긍정적인 평가가 따른다. 가족들과 함께 여가를 즐기며 사람답게 살 수 있다는 장점이 있다.

새로운 일자리가 창출되리라는 기대도 크다. 한국노동연구원은 근무 시간이 단축되면 68만 개의 일자리가 새로 만들어지리라 전망한다. 특히 3차 산업의 일자리가 많아져 청년층 실업난 해소에 도움이 될 것이라는 분석이다. 이는 필연적으로 내수를 자극함으로써 문화·레저, 운송업 등에 청신호가 켜질 것이다. 그렇게 되면 경제 활성화에도 도움을 주게 된다. 여행업과 레포츠 업계, 프로 스포츠 업계가 두손들고 이를 환영하며 잔뜩 기대에 부풀어 있는 것도 그 때문이다. 이는 핑크빛 전망에 해당된다.

그러나 이 같이 마냥 긍정적인 면만 있는 것은 아니라는 데서 우리의 고민이 시작된다. 여유 있는 삶을 즐기려면 돈이 필요하기 마련이다. 지출이 늘어나는 가계(家計)는 어디에서 메울 것인가 하고 가장들은 새로운 걱정거리를 안게 됐다.

또 대기업과 달리 상당 기간 이후에 주5일제를 실시하는 중소기업에 근무하는 근로자들의 상대적 박탈감과, 여기서 비롯될 위화감도 해결해야 될 숙제다. 학교마다 주5일 수업이 실시되면 맞벌이 부모를 둔 초등학생들이 주말을 어떻게 보낼 것인지 하는 문제도 생겨난다.

원만한 노사관계가 필수

기업들 입장에서는 근로 시간 단축은 곧 인건비 증가를 의미하기 때문에 이를 원가에 반영하면 가격 경쟁력이 떨어질 수밖에 없다. 채산성과 가격 인상을 놓고 고민을 해야 된다는 것이다. 결국 기업 환경은 더 나빠질 수도 있다는 풀이가 가능하다. 늘어날 가계의 씀씀이를 충당키 위한 근로자들의 임금 인상 욕구와 경영 여건 악화로 어려움을 겪게 될 기업의 긴축 경영이 부딪혀, 노사관계는 오히려 첨예하게 대립의 각(角)을 세울 가능성도 점쳐진다.

주5일제 도입 이후 스페인과 이탈리아는 경제 성장률이 높아졌으나 일본과 포르투갈은 역효과를 가져온 것으로 드러났다. 결국 근무 시간

단축에 따른 고용 비용 상승을 생산성 향상으로 어느 정도 극복하느냐가 이 제도의 성패를 가르는 관건인 셈이다. 바로 이 같은 문제점을 해소하기 위해서는 원만한 노사관계의 정립이 전제돼야 한다.

기업은 작업 조직의 개편과 새로운 기술의 도입 등을 통해 인건비 상승을 상쇄할 수 있는 방안을 강구해야 된다. 노조는 노조대로 법정 연휴 기간을 확보하면서도 획일적인 휴무보다는 생산성을 떨어뜨리지 않는 범위 안에서 탄력적으로 근무를 하도록 하는 것이 바람직하다.

무엇보다도 성숙한 노사관계의 정립과, 합리적인 노사문화를 가꾸는 작업이 선행돼야 한다. 그래야 주5일 근무제의 긍정적인 효과를 볼 수 있기 때문이다.

2003. 09. 05

청년실업 해결에 衆智 모을 때

청년실업이 큰 사회적 이슈로 등장했다. 지난 8월 말 현재 15~29세의 실직자 비율이 전체 실업률의 2배를 웃돌고 있기 때문이다. 결실의 계절 가을을 맞았지만 대학가는 침울한 분위기다. 도서관마다 취업 3수·4수생들이 넘쳐난다.

국가적 손실 방치해선 안 돼

한창 일할 나이의 젊은이들이 놀고 있다는 것은 당사자와 그 가족들의 좌절과 고통만을 의미하는 것은 아니다. 이런 상태가 계속되면 나라의 성장 동력이 끊어지고 유실된다. 더군다나 젊은층이 사회 진입 시기를 한번 놓치게 되면 20~30년 간 자신의 미래를 잃어버리게 된다는 데서 이들의 고민을 '강 건너 불' 쯤으로 치부할 수는 없다. 이를 더 이상 방치하면 그만큼 국가적 손실을 가져오게 된다. 이제 정부와 업계, 그리고 학계가 모두 중지를 모아야 될 때다.

우선 청년실업의 근본적인 원인부터 살펴볼 필요가 있다. 그래야 제대로 된 대책을 마련할 수 있기 때문이다. IMF 체제를 거친 지난 97년 이후 5년 동안 대기업·공기업·금융권 등의 대졸자들이 선호하는 일자리 33만 개를 포함하여 젊은이들의 일자리가 50만 개나 줄어들었다.

노동 시장의 유연성이 부족한 것도 청년실업을 부추기는 한 요인이 되고 있다. 해고가 쉽지 않기에 특별한 사유가 없는 한 정년까지 보장해야 된다. 그러다 보니 기업은 임시직이나 일용직을 선호한다. 기업들의 채용 방식이 종전의 공개 경쟁 채용에서 수시 채용으로 바뀐 것도 젊은이들의 취업을 어렵게 만든다. 신규 채용보다 경력자 위주 채용 비율이 눈에 띄게 늘고 있다. 기업들이 젊은 신입 사원을 뽑아 육성하는 데 드는 시간과 돈을 절약하려다 보니, 우선 실전에 투입하기 좋은 경력자들을 우선해 뽑는 방식으로 전환하고 있는 것이다.

이 같은 수시 채용 형태에서 지방대 출신들의 취업난은 더욱 극심해지고 있다. 서울과 수도권 대학의 취업률이 77%대인 데 비해 지방대생들의 순수 취업률은 겨우 10%대를 기록할 정도다. 기업들이 지방대생들을 기피하고 있는 탓이다.

물론 취업을 원하는 쪽에도 문제는 많다. 전문대졸 이상의 고학력자들은 대기업 같은 좋은 자리만 원한다. 고수입의 안정된 직장을 찾아 젊음을 허비하고 있는 셈이다. 중소기업들이 필요한 인력을 구하지 못해 어려움을 겪고 있는 실상이 이를 반영하고 있다. 이들은 울며 겨자 먹기로 외국인 노동자들을 고용하기도 한다.

고학력자들이 힘들고 어려운 일을 꺼리는 경향도 없지 않다. 끊임없이 자기 계발(啓發)을 하고, 더러는 다양한 현장 경험을 통해 자신의 능력을 높여가야 하는 데도 그 같은 열성이 부족한 것이다. 중소기업인들은 '월급을 더 준다 해도 작은 회사는 싫다는 대졸자들이 많다' 고 얘기한다.

높아진 대학 진학률과 낮아지는 경제 성장률, 뒤이은 일자리 감소, 취업 희망자들의 높은 눈높이 등이 복합적으로 어우러져 우리나라의 청년 실업은 더 이상 방치해서는 안 될 사회 문제가 된 것이다.

경제 논리 맞는 대책 절실

정부도 이 같은 문제를 심각하게 여겨 내년도 청년실업 대책 예산으로 5천 390억 원을 책정했다. 이는 올해의 3천 612억 원보다 49%정도 늘어난 금액이다. 여기에는 13만 명의 청년에게 일자리와 연수·훈련 기회를 주는 비용도 포함돼 있다. 내년에 3만 4천 명의 공무원을 새로 뽑는 것도 청년실업 해결을 위한 고육지책(苦肉之策)일 것이다. 김대중 정부가 공직 사회의 구조조정을 해왔던 것과 다른 방향으로 나가고 있기에 그렇다.

그러나 이러한 정부의 방안은 근본적인 대책이 될 수 없다. 가장 중요한 것은 우선 기업하기 좋은 여건을 조성하는 것이다. 우선 경직된 노동 시장에 탄력성과 유연성을 불어넣어야 된다. 노사 마찰을 줄이고 대체 고용을 쉽게 함으로써 노동 시장이 채용과 해고를 탄력적으로 할 수 있는 분위기를 만들어 줘야 한다.

또, 외자를 포함한 국내외 기업의 투자 활성화를 통해 경제 성장을 이루고 더 많은 일자리를 창출하는 효과를 가져와야 된다. 이러한 정책이 장기적인 면에서 바람직하다. 이는 경제 원리에 순응하는, 구조적 실업

대책이기도 하다.

　물론 기업들도 국부의 해외 유출을 막는 노력을 해야 한다. 눈앞의 이익만 보고서 외국으로 나가기보다 나라의 장래를 생각하길 기대한다. 척박한 여건일지라도 미래를 바라보며 신규 투자를 통해 일자리 창출에 앞장서는 애국심이 필요하다.

　대학을 포함한 교육 정책 당국이라 해서 한 발 물러서 있어서는 안 된다. 현대 사회에 걸맞는 산업 인력을 배출하기 위해 끊임없이 노력해야 한다. 고학력자들의 눈높이를 낮추는 작업도 대학에서 교육을 통해 이뤄져야 한다. 이처럼 정부·기업·대학·청년층 모두가 힘을 모을 때 청년 실업이란 단어는 사라지게 된다고 믿어 의심치 않는다.

2003. 09. 26.

지은이

임 원 식 전남 해남에서 태어나 숭실대학교 경제학과를 졸업하고 전남대학교 행정대학원과 고려대학교 언론대학원 최고위 과정을 마쳤으며 호남대학교 행정대학원과 조선대학교 대학원에서 행정학 및 문학박사 학위를 받았다. 일찍이 공직에 투신해 강진, 남원, 광주, 북전주 세무서장과 광주지방국세청 간세국장을 역임했고, 현재 (주)전남일보사와 (주)900컨트리클럽 대표이사 사장이자 호남대와 조선대 겸임교수이다. 수필, 소설, 평론 등 세 장르에서 등단한 문학가로 창작 및 저술 활동을 활발히 펼치고 있으며, 저서로는 문학박사 학위 논문을 보완해 펴낸 '신춘문예의 문단사적 연구'와 칼럼집 '남북정상회담 감격으로 통일 앞당기자' 등이 있다.

표지·속지 그림

이 강 하 전남 영암에서 출생하여 조선대학교 미술대학과 동 대학원에서 순수미술을 전공했다. 한동안 모교에서 겸임교수로 재직했으며, 7번의 개인 작품전을 개최하고 5권의 개인 작품집을 출간했다. 현재 한국미협, 목우회, 남맥회, 파스텔작가회, CA회, 123동인 회원으로 각종 국내외 기획, 초대전에 참여하면서 작품 활동에만 전념하고 있다.

50년 만의 만남

인쇄일 초판 1쇄 2003년 09월 29일
        2쇄 2015년 08월 12일
발행일 초판 1쇄 2003년 10월 15일
        2쇄 2015년 08월 27일

지은이 임 원 식
발행인 정 찬 용
발행처 **국학자료원**
등록일 2006.113.02 제2007-12호

서울시 강동구 성내동 447-11 현영빌딩 2층
Tel : 442-4623~4 Fax : 442-4625
www. kookhak.co.kr
E- mail : kookhak2001@hanmail.net
ISBN 978-89-279-0890-6 *93800
가 격 10,000원

*저자와의 협의 하에 인지는 생략합니다.

이 도서의 국립중앙도서관 출판시도서목록(CIP)은 e-CIP
홈페이지(http://www.nl.go.kr/cip.php)에서 이용하실 수
있습니다.(CIP제어번호: CIP2003001200)